CÉSAR AIRA

A prova

Tradução do espanhol por
JOCA WOLFF E PALOMA VIDAL

Posfácio por
MARÍA BELÉN RIVEIRO

"QUER FODER?"

A surpresa tornou a pergunta incompreensível para Marcia. Olhou ao redor, sobressaltada, para ver de onde vinha... Embora não estivesse tão fora de lugar, e talvez não fosse possível esperar outra coisa, nesse labirinto de vozes e olhares, ao mesmo tempo transparente, leve, sem consequências, e denso, veloz, um pouco selvagem. Mas se a gente ficasse esperando alguma coisa...

Três quadras antes da praça Flores começava a se desdobrar, deste lado da avenida, um mundo juvenil, detido e móvel, tridimensional, que fazia sentir seu invólucro, o volume que criava. Eram grupos atulhados de garotos e garotas, mais dos primeiros que das segundas, na porta de duas lojas de discos, no espaço livre do Cinema Flores, entre ambas, e encostados nos carros estacionados. Naquela hora, depois do colégio, se reuniam ali. Ela também tinha saído do colégio duas horas antes (estava no segundo ano), mas o seu ficava longe, quinze quadras mais para baixo, em Caballito, e fazia sua caminhada cotidiana. Marcia tinha sobrepeso e um problema nas vértebras que aos dezesseis anos não era grave, mas podia chegar a ser. Ninguém recomendara a ela que caminhasse; fazia isso por instinto terapêutico. E por outros motivos também, principalmente o hábito; a grave depressão que tivera, chegando ao auge uns poucos meses antes, obrigou-a a se movimentar incessantemente para sobreviver, e agora ela fazia isso em boa medida sem motivo, por inércia ou superstição. A essa altura do exercício, já perto de onde dava meia-volta, era como se desacelerasse; entrar nessa outra área juvenil, depois do quilômetro mais neutro, pela avenida Rivadavia, que separava os dois bairros, era tornar o ritmo mais e mais lento, ainda que não diminuísse o passo. Ela se chocava contra a carga de signos flutuantes, cada passo, cada ondulação dos braços se tornava inumerável em respostas e alusões... Flores, com sua grande sociedade juvenil na rua, erguia-se como um espelho da sua história, um pouco distanciado do cenário original, mas não muito, ao alcance de uma caminhada vespertina; de qualquer modo, parecia lógico que o tempo se tornasse mais espesso ao chegar. Fora da sua história, sentia-se deslizar rápido demais, como um corpo no éter, onde não há resistência. Também não deveria haver em excesso, senão ficaria paralisada, como acontecera no período bastante trágico que começava a empalidecer no passado.

Embora fossem apenas sete horas, tinha escurecido. Era inverno e a noite caía cedo. Não a noite fechada, para a qual ainda faltava um tempo. Na direção em que caminhava, Marcia tinha o crepúsculo à frente; ao fundo da avenida, havia uma luz intensa, vermelha, violeta, alaranjada; só conseguiu vê-la ao se aproximar de Flores, quando a Rivadavia fazia uma suave curva. Tinha saído quase de dia, mas era um processo rápido; em pleno inverno, às seis e meia da tarde já seria noite: a estação avançara e não era mais possível dizer que fossem os dias mais curtos do ano, mas persistiam o frio, os crepúsculos bruscos, os anúncios da noite ao sair do colégio às cinco. Um pouco de luz devia restar no ar, mesmo às sete, mas a iluminação intensa da rua tornava o ar do céu escuro, por contraste. Sobretudo ao chegar à zona mais comercial de Flores, perto da praça, com as vitrines e marquises acesas. Isso tornava incongruente o brilho vermelho do pôr do sol ao fundo, só que ele já não era mais vermelho, era apenas sombra azul com uma irradiação cinza. Aqui o fulgor das lâmpadas de mercúrio deslumbrava, quem sabe pela quantidade de jovens que se olhavam e conversavam ou esperavam ou discutiam aos berros. Nas quadras anteriores, quase vazias de gente (fazia um frio horrível, e quem não era jovem, com essa necessidade inútil de se encontrar com as amizades, preferia ficar do lado de dentro), as luzes pareciam brilhar menos; é verdade que tinha passado por elas mais cedo. A hora parecia andar para trás, de alguma meia-noite para a tarde, para o dia.

Ela não sentia isso, ou não deveria sentir, porque era parte do sistema, mas todos esses jovens estavam perdendo tempo. Era o sistema que tinham para ser felizes. Era disso que se tratava, e Marcia captava perfeitamente, embora não pudesse participar. Ou acreditasse que não podia. Seja como for, entrava nesse reino encantado, que não era nenhum lugar, era um momento casual da tarde. Ela chegara a ele? Ele a ela? Estivera esperando por ela? Não fazia mais perguntas porque já estava ali. Chegara a esquecer que estava caminhando, que ia em certa direção (de qualquer modo não ia a lugar algum), no meio da resistência suave da luz e da escuridão, do silêncio e dos olhares que transformavam seus rostos.

Olhavam uns aos outros, se encontravam, tinham saído para isso. Falavam, gritavam, mur-

muravam segredos, mas tudo se resolvia vertiginosamente no nada. A felicidade de se encontrar num lugar e num momento era assim. Teve que ziguezaguear para passar por fora de um dos círculos dentro dos quais reverberava o segredo. O segredo era ser criança ou não. Ainda assim, não conseguia evitar olhar, ver, despontar na atenção geral. Dos grupinhos o tempo todo se soltavam alguns garotos e garotas, que se apressavam para um lado ou outro, e sempre voltavam, falando, gesticulando. Esse trecho todo estava lotado; pareciam chegar ou sair, e sobretudo manter a quantidade. Davam a impressão de uma sociabilidade instável. De fato, era como se não estivessem estacionados ali, mas de passagem, como ela. Não era uma área de resistência, ainda que poética, imaginária, e sim um suave tumulto com grandes e pequenos risos. Todos pareciam discutir. Babaca! Babaca! era a palavra que mais se ouvia, embora ninguém brigasse. Implicavam uns com os outros por tudo, mas era uma maneira de ser. Não é que a olhassem passar; não estavam tão calados, nem tão imóveis para tanto. Além disso, era um instante, uns poucos metros. Mas continuava. Atravessando a rua Gavilán estava a verdadeira multidão. Esse lado da esquina, onde ficava a Duncan, uma lanchonete enorme, era um pouco mais escuro. Aqui eles pareciam mais numerosos. Esses sim eram os típicos jovens de Flores; cabelos longos, jaquetas de couro, as motos estacionadas na calçada. Reinava uma urgência estática. Havia uma banca de jornal fechada e, junto dela, um quiosque de flores; os grupinhos continuavam uns vinte ou trinta metros adiante, até a primeira entrada da galeria, onde havia uma loja de discos, e a presença de gente jovem se exibindo chegava ao máximo, ao menos por enquanto. Marcia sabia que a essa hora, na esquina seguinte, diante de uma farmácia, tinha sempre uma aglomeração de garotos. Era avançar e penetrar no mais característico do bairro. Mas ainda estava na altura da esquina anterior, a da Duncan, cheia de motoqueiros... Já chegava até ela a música da loja de discos, The Cure, que Marcia adorava.

A música modificou seu humor, levando-o a um ápice não manifesto. Como isso não tinha acontecido com a música das duas lojas de discos na quadra anterior, só poderia se dever à qualidade dessa; ainda que talvez fosse por causa da soma total das impressões. A música era a resistência que faltava para tornar a passagem totalmente fluida. Todos os olhares, as vozes entre as quais deslizava, se conjugavam nessa noite. Porque era noite. O dia tinha cessado e a noite estava no mundo; a essa hora no verão era pleno dia; agora era noite. Não a noite de dormir, a verdadeira, mas uma noite posta sobre o dia porque era inverno.

Caminhava envolta na sua auréola, nos seus dezesseis anos. Marcia era loira, baixa, gordinha, com um quê infantil e outro adulto. Usava uma saia de lã e um pulôver azul largo, sapatos com cadarços, o rosto mais corado que de costume, por causa da caminhada. Sabia que estava fora de lugar no seu movimento; seria mais uma em alguma galerinha, na qual não eram raras as meninas como ela, conversando e rindo, mas não conhecia ninguém de Flores. Parecia uma garota que ia para algum lugar e tinha que passar por ali. Um milagre que ninguém lhe desse um panfleto; todos os dias recebia um, mas hoje não, por uma coincidência qualquer; todos os entregadores tinham se distraído bem na hora em que ela passava. Era como se fosse um fantasma, invisível. Mas isso só a tornava mais e mais o centro vazio de todos os olhares e conversas... se é que era possível falar de conversas. Quando nada estava dirigido a ela, era porque os direcionamentos tinham se desvanecido. Era a nuvem de jovens desconhecidos.

"Tô falando com você..."

"Comigo?"

"Quer foder?"

Duas garotas tinham se desligado do grupo grande ou daqueles estacionados na Duncan e foram atrás dela até alcançá-la, sem ir muito longe, porque Marcia estava ali ao lado. Uma delas falava, a outra estava de acompanhante, muito atenta, uns passos atrás. Marcia parou, quando localizou quem lhe dirigia a palavra, e olhou para ela:

"Tá maluca?"

"Não."

Eram duas punks de preto, muito jovens, mas talvez um pouco mais velhas que ela, de rostos infantis, pálidas. A que falava estava muito perto:

"Você é gostosa e quero te comer."

"Tá doida da cabeça?"

Olhou para a outra, que era igual e estava muito séria. Não parecia uma brincadeira, não eram conhecidas ou, pelo menos, não conseguia reconhecê-las com aquelas fantasias. Tinha alguma coisa séria e maluca nas duas, na situação. Marcia não cabia em si de surpresa. Desviou o olhar e continuou andando, mas a punk segurou seu braço.

"Você é a que eu tava esperando, sua gorda de merda. Não se faz de difícil. Quero lamber tua boceta, pra começar!"

Ela se soltou imediatamente, mas ainda assim virou a cabeça pela segunda vez para responder:

"Você pirou."

"Vem no escurinho", apontava para a rua Gavilán, às suas costas, que efetivamente era uma boca de lobo, com suas grandes árvores. "Quero te dar um beijo."

"Me deixa em paz."

Ela continuou andando e as duas ficaram quietas, desistindo de antemão, mas a que falava levantou a voz, como se costuma fazer com alguém que se afasta, mesmo que continue perto. Vagamente alarmada, Marcia notou depois que a desconhecida tinha falado em voz alta desde o início, e que alguns a tinham ouvido e estavam rindo. E não só jovens, mas também o florista, um homem velho, um vovozinho em quem Marcia esbarrou durante a fuga e que olhava muito interessado, mas com cara inexpressiva, como se não conseguisse reagir. Faria isso depois, nos seus comentários com as clientes, com seus inesgotáveis "que degeneração", "soube o que aconteceu?" etc. "Com certeza estavam drogadas", diriam as senhoras. "Que gurias desmioladas!", Marcia se surpreendeu pensando. Umas imprudentes! Sabotando assim a juventude! Os rapazes que tinham ouvido não pareciam nada preocupados com isso; riam e gritavam, se divertindo.

Já tinham ficado para trás. Sem querer, Marcia acelerara um pouco. A música soava mais alta e uns garotos parados na porta da loja de discos, mais na frente, olhavam com interesse. Sem ouvir, devem ter adivinhado, talvez não o sentido exato da conversa, mas sim sua estranheza. Ou quem sabe ela não era a primeira que essas duas ou outras abordavam, quem sabe era uma brincadeira de mau gosto que faziam o tempo todo. Não olhou para trás, mas supôs que as duas punks tinham se reintegrado a um grupinho e, rindo, já esperavam a próxima vítima.

Mais uns passos e Marcia chegou ao ponto de sonoridade máxima. Mas agora a música mudara de sentido. Era como se tivesse se tornado real, coisa que nunca acontecia com a música. Essa realidade lhe impedia de ouvi-la. Ela também estava pensando com o máximo de sonoridade, de modo que a um só tempo era como se o pensamento tivesse se tornado real. Por onde andava havia ainda grupos juvenis, que, assim como antes, não prestavam atenção nela (o incidente todo durara uns segundos, quase não dava para dizer que tivesse cessado), mas não eram mais, como antes, emblemas de uma beleza ou de uma felicidade, e sim *de outras*.

De fato, tudo tinha mudado. Marcia estava trêmula pelo choque ligeiramente tardio. Seu coração saía pela boca. Estava muda de assombro, mesmo que não desse para notar, porque não tinha o hábito de falar sozinha. Mas todo esse efeito já ia passando, já tinha passado. O atraso do choque se devia a não ter tido tempo de se mobilizar enquanto o fato acontecia; mas depois, não tinha razão de ser, era um choque ficção. Marcia não era histérica, nem sequer nervosa, nem impressionável, nem paranoica; era bastante tranquila e racional.

Não, a mudança não se dera aí. A atmosfera tinha mudado, o peso da realidade. Não porque tivesse se tornado mais real ou menos real, mas porque parecia que agora tudo poderia acontecer. E antes não era assim? Antes era como se nada pudesse acontecer. Era o sistema de beleza e felicidade dos jovens. Era o motivo pelo qual estavam ali espalhados a essa hora, era o seu modo de tornar real o bairro, a cidade, a noite. De repente, todos eram diferentes, como se um gás de dispersão instantânea os tivesse transformado. Era incrível como tudo podia mudar, pensava Marcia, até nos detalhes. Não eram necessárias catástrofes nem cataclismos... Pelo contrário: nesse momento, um terremoto ou uma inundação seria o modo mais seguro de manter as coisas no lugar, de preservar os valores.

Que duas garotas, duas mulheres, tivessem lhe dado uma cantada, em voz alta, com obscenidades, duas punks que confirmavam sua autoexpulsão violenta das boas maneiras... Era tão inesperado, tão novo... Tudo podia acontecer, realmente, e quem podia fazer acontecer eram essas centenas de jovens que saíam à rua para perder tempo no anoitecer, depois do colégio. Eles podiam tudo. Podiam fazer a noite cair em pleno dia. Podiam fazer o mundo girar e atrasar infinitamente a caminhada de Marcia em linha reta (sem contar a curva que a avenida Rivadavia descrevia) de Caballito a Flores.

Marcia era dessas garotas da sua idade de quem dá para jurar que são vítimas. Mesmo que não sejam, dá para jurar. Quem sabe por isso a tenham escolhido. Não são tantas as desse tipo, embora sejam muitas as virgens. Em torno da virgem pulsa uma atmosfera, que se torna atmosfera por causa dela, de possibilidades, de olhares, tempo, mensagens... Se não parece virgem, a atmosfera é mais pura, mais transparente, tudo flui mais rápido. Se parece, e era o seu caso, um em um milhão, a atmosfera pode explodir a realidade. Todos os rostos ao seu redor, os corpos, relaxados, absortos, exibicionistas, tinham se enchido de histórias e de intenções de histórias, como uma miríade de relatos pelos quais ela passava...

Não dera cinco passos e já estava completamente tranquila. Tinha algo similar à sombra de uma euforia no coração: é o efeito infalível da realidade. Ergueu a vista e todas as luzes da avenida brilharam para ela sobre o fundo escuro mais compacto. Ao fundo, havia ainda um resplendor no céu. Nem sequer importava que tivessem dito aquilo de brincadeira, a única explicação plausível. Bastava que tivessem dito, fosse qual fosse a intenção. O fato de terem dito era irreversível. Era um clique e todo o resto ficava para trás. Isso fazia com que as duas punks tivessem ficado para trás, definitivamente, como um signo usado e bem usado, tão bem usado que o mundo inteiro era seu significado.

Mas na realidade não tinham ficado para trás. Não avançara nem vinte metros, ainda na área sonora do The Cure, quando a alcançaram.

"Espera um pouco, até parece que você tá tão apressada."

"Hein?"

"Você é surda ou idiota?"

Marcia engoliu saliva. Tinha parado. Deu uma viradinha e ficaram cara a cara. Assim como antes, a que falava estava mais à frente, a outra uns passos atrás e mais para o lado, as duas muito sérias.

"Você ficou brava pelo que eu disse? Tinha algo de ruim por acaso?"

"Claro que sim!"

"Deixa de ser solteirona!"

"Dá o fora, por favor. Me deixa em paz."

"Me desculpa. Se você ficou brava, me desculpa", uma pausa. "O que foi? Você se assustou?"

"Eu? Por quê?"

A desconhecida deu de ombros e disse:

"Se quiser que eu dê o fora, eu dou."

Foi a vez de Marcia dar de ombros. É claro que ela não queria ofender ninguém. Mas que culpa ela tinha?

"Você achou que eu tava brincando?"

A pergunta era tão pertinente que ela se sentiu de certo modo coagida a responder. Caso contrário, teria ido embora e pronto. Durante o breve diálogo anterior tinham acontecido muitas coisas. O que tinha ficado claro era que não se tratava exatamente de uma brincadeira.

"Era uma possibilidade", disse. "Mas agora acho que não."

"Se um cara tivesse dito, você teria achado que era brincadeira?"

"Um pouco menos."

Disse isso sem pensar, mas era verdade. A outra fez uma careta de desprezo.

"Você não acredita no amor?"

"No amor, acredito."

"E o que foi que eu te disse?"

"Não tem importância. Tchau."

Deu um passo.

"Espera um pouco. Como você se chama?"

"Marcia."

A desconhecida ficou olhando para ela, com sua cara séria, neutra. Foi um silêncio muito carregado, embora nunca tenha sido capaz de dizer do quê. De qualquer modo, era desses silêncios que fazem você esperar. Nem pensou em ir embora. Não teria conseguido, porque foram só uns segundos.

"Que nome lindo. Escuta, Marcia, o que eu te falei é verdade. Foi só te ver pra me apaixonar. É *completamente verdade*. Tudo o que você puder pensar... é *verdade*."

"Como você se chama?"

"Mao."

"'Mao', você tá maluca."

"Por quê?"

"Porque sim."

"Não. Me fala por quê."

"Não consigo te explicar."

"Você não acredita no amor entre mulheres?"

"Pra dizer a verdade, não."

"Mas olha, Marcia, eu não tô falando de amor platônico."

"É, isso eu já percebi."

"E você não acredita?"

"Mas por que tinha que ser comigo!"

"Você sabe por quê."

Marcia olhou para ela com uma surpresa enorme nos olhos.

"Porque você é você", explicou Mao. "Porque é você que eu amo."

Era impossível falar racionalmente com ela. Será que a outra era igual? De algum modo, Mao seguiu o seu pensamento, ou o seu olhar, e fez uma breve apresentação:

"Ela se chama Lenin. Somos amantes."

A outra assentiu com a cabeça.

"Mas não te engana, Marcia. A gente não é um casal. Somos livres. Como você. Quando eu te vi, ali na esquina, me apaixonei. Poderia ter acontecido a mesma coisa com ela e eu teria entendido."

"Entendi. Tudo bem", disse Marcia. "Não é a minha. Sinto muito. Adeus. Agora vocês vão me deixar em paz? Tem gente me esperando."

"Não mente! Me dá um pouco de tempo. Você não gosta de sexo? Não se...?"

"Você vai querer que eu fique falando disso com uma desconhecida na rua! O sexo sem amor não me interessa."

"Você me entendeu mal, Marcia. Não tem nada a ver você falar de sexo. O que eu quero é ir pra cama com você, te dar um beijo na boca, mamar nesses teus peitos gordos, te abraçar como uma boneca..."

Marcia estava sem palavras. Ela tomou a decisão de dar meia-volta e ir embora sem dizer mais nada, mas temeu que Mao fizesse uma cena.

"Eu não sou lésbica."

"Eu também não."

Uma pausa.

"Olha: eu quero ir embora..."

A voz saiu um pouco cortada. Mao deve ter achado que ela ia começar a chorar e mudou abruptamente de atitude e de tom de voz.

"Não leva tudo tão a sério. A gente não vai te devorar. Eu nunca faria nada de ruim com você. Porque eu te amo. É o que eu tô tentando fazer você entender. Eu te amo."

"Por que você tá dizendo isso?", perguntou Marcia num sussurro.

"Porque é verdade."

"Qualquer outra teria te mandado à merda."

"Mas você não."

"Porque sou uma idiota. Me desculpa, mas quero ir embora."

"Você tem namorado?"

Que pergunta absurda, a essa altura!

"Não."

"Tá vendo? Outra teria me dito: tenho, é um marombeiro que tá ali na esquina. Você me disse a verdade."

"E isso prova o quê? Que eu sou mais idiota do que eu mesma acreditava e não sei como me livrar de vocês."

"Escuta, Marcia, você acha chocante que a Lenin esteja aqui? Você quer que ela saia e a gente converse só nós duas?"

"Não! Não, sou eu que quero ir embora", pensou um instante. "Você não tem vergonha de tratar assim sua amiga, sua 'amante', como você diz?"

"Eu faria o mesmo por ela e muito mais. Muito mais mesmo. Não te engana, Marcia, não somos duas sapatas."

"Você fez uma aposta?", olhou na direção de onde tinham vindo. A possibilidade acabara de lhe ocorrer. Mas ninguém estava olhando para elas.

"Deixa de besteira. Não sou tão ruim assim."

Ela concordou. Não sabia por que, mas concordou.

"Bom...", sorriu. A conversa já tinha se estendido bastante. "Foi um prazer conhecer vocês..."

"Deixa eu fazer mais uma pergunta, Marcia. Já fiz tantas que mais uma não vai te incomodar. Você sabe o que é o amor?"

"Acho que sim."

"Você já se apaixonou?"

"Não."

"Posso te fazer uma pergunta mais íntima?"

"Não. Muito obrigada por perguntar. Você não é tão selvagem, no fim. É como se você não fosse punk de verdade."

"Será que você se interessaria em fazer sexo a três?", perguntou Lenin. Era a primeira coisa que falava. Tinha uma voz suave, agradável.

"Você também?", perguntou Marcia, desalentada.

As duas punks conversaram entre elas.

"Você gosta dela?", perguntou Mao.

"No início, não, mas agora sim, um pouco."

"Ela é tão diferente da gente."

"Agora eu gosto dela, poderia me apaixonar."

Marcia não ficou incomodada com esse diálogo, pelo contrário, fez com que ela se sentisse mais à vontade pela primeira vez. Mao se voltou para ela com um gesto de determinação, como se tivesse acontecido algo importante.

"A Lenin é legal, é ardente, me fez gozar muitas vezes. Sempre escuto o que ela fala, porque é inteligente, mais do que eu. Você ouviu o que ela disse? Tá confirmado. É definitivo. Antes também era definitivo, mas eu não tinha tanta certeza. O que eu posso fazer pra te convencer?"

Era uma pergunta que pedia resposta, uma resposta concreta, Marcia pensou.

"Me deixa ir."

"Não. Quero o contrário. Que você me diga que sim, que se jogue nos meus braços. Mas assim a gente não vai a lugar nenhum. Você quer que a gente converse, nós três, sobre qualquer coisa, não sobre amor, como amigas? Sobre o que garotas como você falam? Quer que a gente olhe as vitrines? Não adianta dizer que tão te esperando, porque não é verdade. Não vou te fazer propostas. Você não pode se negar a passar um tempo com a gente."

"Pra quê?"

"Pra nada, pra enriquecer um pouco a vida, pra conhecer gente..."

"Não, tô dizendo pra que *você* faria isso."

"Não vou mentir: tô fazendo isso pra ganhar tempo, porque te amo e quero foder com você. Mas posso deixar pra depois."

Marcia ficou calada.

"Não custa nada!", disse Mao.

De repente, Marcia se sentiu livre, quase feliz.

"Bom...", disse vacilante. "Eu sempre quis conhecer um punk, mas a oportunidade nunca tinha surgido."

"Muito bem. Finalmente você tá sendo razoável."

"Mas não é pra ficar com esperanças."

"Deixa isso comigo."

"E outra coisa: quero que você prometa que, se no final eu me despedir e for embora, que é o que eu vou fazer, vocês não vão ficar me perseguindo e fazendo escândalo. Mais ainda: que prometa que se agora mesmo eu me despedir e for embora, você não vai mexer um dedo."

"Escuta, Marcia: seria muito fácil eu te prometer isso ou qualquer outra coisa. Mas não. Não vou fazer escândalo, nem fazer nada de ruim com você, *nada*, eu juro, mas também não vou deixar você ir. Seria amor se eu te prometesse isso? É pelo teu bem. Além disso, você mesma disse que queria conhecer um punk. Por acaso você vai ter outra oportunidade?", ao ver o gesto de impaciência de Marcia, Mao ergueu a mão pedindo paz e acrescentou: "Vamos voltar pro nosso acordo. E falar de outra coisa."

"Vamos pro Pumper", disse Lenin.

Lançou-se a atravessar a rua ali mesmo, no meio da quadra, entre os carros, e de certo modo as arrastou. Não foram atropeladas por milagre. Marcia olhou de canto para Mao, que ia distraída, como se pensasse em outra coisa. Achava admirável que não tivesse sorrido em nenhum momento; ela sorria sempre, por nervosismo, e detestava esse hábito.

O interior da loja do Pumper Nic era uma chama de luz branca e o aquecedor ficava ligado no máximo. As três entraram juntas, ou quase, numa fila irregular, Mao por último. Será que elas a cercavam, temendo que fugisse? Nada disso. Entraram como três amigas, duas de um tipo, uma de outro. Marcia estava tranquila e quase contente. Encerrar a cena do outro lado da rua era um alívio, como se entrassem em outra etapa, mais normal e previsível. Elas atraíram os olhares de todos os clientes, que não eram muitos; as pessoas sempre sentiam curiosidade pelos punks. Como as outras duas tomaram a dianteira, Marcia teve a oportunidade de contemplá-las, adaptando-se à atenção alheia. Estavam de preto dos pés à cabeça, calças pretas leves, Mao com um casaco preto masculino sobre uma camiseta de algum tecido pesado, estranho, e tênis pretos, Lenin de jaqueta de couro puída e coturnos sem cadarços, tudo preto, e as duas providas de uma quantidade de colares e pingentes metálicos de um gosto deplorável e de correntes na cintura e nos pulsos. O cabelo raspado pela metade, meio comprido, preto e com mechas vermelhas, um vermelho-tijolo e roxo. Desafiadoras, atropelavam todo mundo, eram perigosas (ou assim gostariam de se considerar). O que será que estava pensando esse público supernormal feito de jovens, velhos e crianças, comendo hambúrguer e bebendo refrigerante? Será que se sentiam invadidos, ameaçados? Não conseguiu evitar a satisfação pueril de pensar que a invejavam por estar com elas, por ter acesso ao seu modo de ser e de pensar, tão esotérico. Quem sabe pensavam que eram amigas de infância: umas tinham tomado um caminho na vida, ela, outro, e se encontravam para trocar experiências. Ou quem sabe pensavam (era mais lógico, inclusive) que ela também era punk, só que vestida e penteada de modo convencional. Apressou o passo para ficar à altura das outras, para que ninguém se confundisse e achasse que só por coincidência tinham entrado juntas. Havia um funcionário passando a enceradeira no chão e elas pisaram no fio, como se ele não existisse. Marcia não pisou; era tão natural para ela desviar que a estranheza das outras se tornou quase sobrenatural. A não ser que tivessem feito de propósito, mas não parecia ser o caso.

Depois do salão, à esquerda, vinha um longo corredor com mesas, que desembocava num segundo salão, onde nesse momento estava acontecendo uma festa infantil. Suas guias de preto não foram muito longe pelo corredor. Antes da metade sentaram numa mesa grande. Por sorte, as de trás e as da frente estavam vazias. Não havia muito risco de que as ouvissem, de qualquer forma, pela música e pelo barulho das crianças no aniversário. Mas ser inconveniente era automático para elas: Mao, com as costas apoiadas contra a parede, colocou os pés na cadeira; ela tinha ficado sozinha de um lado porque Marcia se sentou na sua frente, do lado de Lenin; devia ser uma coincidência que falasse com ela cara a cara, e não a questionou. A primeira coisa que Marcia disse, enquanto sentava, foi instintiva:

"Precisa fazer o pedido no balcão."

"Tô pouco me fodendo", disse Mao.

Marcia percebeu que havia exagerado para si mesma a normalização da situação. Entrar no Pumper Nic, em grupo, como faziam todas as colegiais do bairro, fizera-a acreditar que elas se dispunham a fazer o que todo mundo fazia, ainda que só para usar isso como fundo para uma explicação. Mas não era nada disso. Não tinham a intenção de pedir nada e era de se esperar. Os punks não faziam consumos comuns. Lembrou que os viu bebendo cerveja direto das garrafas sob as marquises.

"Vão expulsar a gente se não pedirmos nada pra beber", disse.

"Quero ver se alguém se atreve a me dizer alguma coisa", disse Mao, dando uma olhada de infinito desprezo em volta.

"A gente combinou que não ia ter cena."

As outras duas olharam para ela com uma expressão neutra e séria. Essa expressão, que não dizia nada, era violência pura. Elas eram a violência. Não dava para fugir disso. Ter uma conversa com duas punks não era tão inofensivo como poderia ter imaginado na sua distração. Não era como com qualquer outro espécime estranho da sociedade, com quem se podia levar adiante uma cena favorável para lhe fazer um interrogatório. Porque elas mesmas eram a cena. Resignou-se: nunca antes pisara nesse Pumper e não teria problema em não voltar se as expulsassem.

Mas a que se chamava Mao teve uma ideia, que compartilhou:

"Você quer beber alguma coisa, Marcia? Uma coca, uma cerveja?"

Isso tinha um lado cômico. Era um convite para "beber alguma coisa", seguindo os passos clássicos do cortejo.

"Posso saber de que merda você tá rindo, *Marcia*?"

"Lembrei de uma piada ótima que escutei o Porcel contar outra noite. Foi naquela esquete em que ele faz um jornaleiro. Vem um velhinho espanhol e conta que uma vez foi numa festa de San Fermín. Soltaram os touros e ele começou a correr. Ele corria e um touro vinha atrás, ele na frente, o touro atrás... Chegando numa esquina, o rei tava passando. E ele, como bom súdito, faz uma reverência... E o touro... E o gordo pergunta: 'Assim, sem mais nem menos? Sem sequer um convite pra beber alguma coisa antes?'"

Soltou a risada, à qual as outras não se uniram. Nem sequer sorriram.

"Quem é Porcel?", perguntou Lenin.

"Vocês não conhecem o gordo Porcel?"

"É um cara da televisão", explicou Mao a Lenin.

"E é gordo? O nome deve querer dizer 'porcino'."

"Só de curiosidade", disse Marcia: "Vocês entenderam a piada?"

"Sim", disse Mao. "O touro enfiou um chifre no cu dele. Se é que é uma piada..."

"A graça tava na tirada, na improvisação. Enfim. Eu não sei contar piada."

Mao soltou um suspiro e se endireitou diante dela, como se resignada a falar de um assunto banal demais.

"Você contou muito bem. Mas é muito difícil alguma coisa assim ser engraçada, Marcia. Você deve contar muito bem as piadas pra você mesma, porque tá sempre rindo."

"Eu rio de nervoso, não por achar graça. Não só agora: sempre. Admiro quem consegue ficar sério por mais que aconteçam coisas horríveis."

"Isso é um paradoxo. Você é muito inteligente, Marcia. Dá gosto falar com alguém inteligente, pra variar."

"Você não tem amigos inteligentes?"

"Eu não tenho amigos."

"Eu também não", disse Lenin.

Ela preferiu mudar de assunto.

"É sério que vocês não veem televisão?"

Nem sequer houve resposta. Mao retomara sua postura negligente. O gerente que diria para elas tirarem os pés da cadeira, que as expulsaria sem rodeios, já que elas não iam beber nada, estava demorando para chegar. Marcia tinha sentado de costas para o salão, então não via os preparativos que com certeza eram feitos para a expulsão.

"Seja como for", disse Mao, "não daria pra te convidar porque a gente tá sem dinheiro."

"Eu tenho. Mas não sei se o suficiente pra comprar cerveja ou hambúrguer. É caro aqui..."

Parou ao notar que suas palavras caíam no vazio. Houve um silêncio.

"Obrigada, *Marcia*, não se preocupe."

"Por que você fica repetindo o meu nome?"

"Porque eu gosto. Gosto mais do que eu poderia te explicar. É o único nome idiota, desses que dão pras mulheres, que eu gosto, e acabei de descobrir isso."

"Você não gosta de nenhum nome?", perguntou Marcia, bloqueando com a pergunta a nova declaração de amor que via chegar.

"Nenhum. São ridículos."

"Como vocês se chamam? De verdade."

"Nada. Mao. Lenin."

"E vocês acham os nomes comuns ridículos! Eu diria que vocês se chamam... Amalia... e Elena. Que curioso, são meus dois nomes favoritos. E eu também acabei de descobrir isso."

"A gente não se chama assim", disse Lenin-Elena, como se Marcia tivesse se proposto de verdade a adivinhar.

Mas Mao-Amalia fez um gesto repentino de alerta e a silenciou do outro lado da mesa.

"Você gostaria que a gente se chamasse Amalia e Elena? Porque se é assim, você pode contar com isso. Pra nós não tem a menor importância."

"Verdade? Vocês mudam de nome todos os dias, quando dá na telha? O nome que qualquer pessoa que tiver com vocês preferir?"

"Não. Nesse caso, a gente escolhe o nome que causa mais nojo nessa 'pessoa', como você diz."

Foi Lenin quem falou e o fez com um quê de ironia que era refrescante sobre o fundo da seriedade mortal que colocavam em tudo. Mao se dirigiu a ela em sua declaração seguinte:

"O que não quer dizer que a gente não possa mudar de nome tantas vezes quanto der na telha. E digo mais, Marcia, a partir de amanhã, nós duas, Lenin e eu, vamos nos chamar 'Marcia'. O que você acha?"

"Por que a partir de amanhã?", perguntou Marcia.

"Porque amanhã vai ser uma data importante nas nossas vidas", respondeu, críptica.

Ficaram em silêncio por um momento. Mao olhava para ela fixamente. Marcia desviou o olhar, mas não antes de notar algo muito estranho, que por enquanto não soube o que era. O silêncio se prolongou, como se as três tivessem pensado a mesma coisa e ninguém soubesse o que era. Finalmente, Mao, como quem cumpre uma obrigação penosa, ainda que com amabilidade, dirigiu-se a Marcia:

"O que você queria saber de nós?"

Marcia não conseguiu começar a pensar nas perguntas que queria fazer, porque nesse momento se materializou ao lado da mesa a gerente do Pumper, uma falsa loira de camisa branca e minissaia cinza:

"Se não vão consumir nada, não podem ficar aqui."

Marcia estava prestes a dizer que ia mesmo pedir um sorvete (a ideia lhe ocorreu naquele instante), mas ficou com a boca entreaberta sem proferir som algum, porque Mao se adiantou:

"Vai pra puta que pariu."

A gerente ficou pasma. Embora, pensando bem, o que mais se podia esperar? Parecia uma mulher enérgica; era muito atraente, de uns vinte e cinco anos, o tipo de mulher, diagnosticou Marcia, que não se deixaria atropelar.

"Quê?!"

"Vai à merda e deixa a gente em paz. A gente precisa conversar."

"Pode começar tirando o pé da cadeira."

Mao colocou os dois pés na cadeira, esfregando-os com força.

"Tá bom assim pra você? Agora deixa a gente em paz. Fora."

A gerente deu meia-volta e se afastou. Marcia estava atônita. O mínimo que podia fazer era admirar as punks. Em teoria, não ignorava que o próximo era suscetível a um tratamento extremo; mas, na prática, nunca tinha tentado, nem era algo que estivesse nos seus planos. Pensou que, no fundo, a realidade era mais teórica do que o pensamento.

Quando voltou a si dessa momentânea reflexão foi como se o Pumper tivesse mudado de natureza. Não era a primeira vez que tinha esse sentimento desde que as duas garotas se dirigiram a ela na esquina do outro lado da rua, menos de quinze minutos antes: o mundo se transformara repetidas vezes. Parecia um traço permanente do efeito que produziam. O lógico seria pensar que o efeito se esgotaria a longo prazo; ninguém é uma caixa perpétua de surpresas e, apesar da estranheza desses dois exemplares, bem que ela podia imaginar sob as duas um fundo muito escasso, a vulgaridade de garotas extraviadas representando um papel; quando o espetáculo terminasse não sobraria nada, nenhum segredo, seriam chatas como a aula de química... Mas também podia pensar o contrário, embora ainda ignorasse por quê; quem sabe o mundo, quando se transforma uma vez, não pode mais deixar de mudar.

"Espera um minuto", disse se levantando. "Vou pedir um sorvete. Assim ela não enche mais o nosso saco."

"Se for por isso", respondeu Mao, "não precisa se incomodar, porque ninguém vai te encher. A gente cuida disso."

"Mas é que eu *quero* tomar um sorvete", disse, sem mentir totalmente. "Vocês não querem?"

"Não."

Ela foi até o balcão da frente. Teve que esperar um pouco a atendente servir cafés e chás, com pedaços de bolo. Estava ao lado da porta e nada teria sido mais fácil que sair, correr até a esquina ou pegar um ônibus... Lá dentro, as outras duas não olhavam para ela. Mas não queria fugir. Ou melhor, queria, mas não sem antes saber mais sobre elas. Então esperou sua vez pacientemente, pediu um sorvete com calda de chocolate e voltou com ele numa bandejinha. De repente, tinha vontade de verdade de tomá-lo. Um sorvete no inverno acentuava as coisas; e uma verdade pela metade transformada em verdade plena as acentuava muito mais. A gerente que as interpelara passou ao lado, apressada, ocupada, e nem olhou para ela. Era como se todos já pensassem em outra coisa e certamente era isso que estavam fazendo; afinal de contas, depois de um certo tempo, todo mundo pensava sempre em outra coisa. Somada ao sorvete, a ideia a reconfortou. Sentou com suas amigas e provou.

"Delicioso", disse.

As outras duas olhavam para ela distraídas, como se a partir de uma grande distância. Elas também estariam pensando em outra coisa? Teriam esquecido suas intenções? Marcia raspou a cobertura de chocolate com certa inquietação, mas não teve que esperar muito para entrar de novo em cena.

"O que você queria perguntar pra gente, Marcia?", lembrou Mao.

"Nada em especial, pra ser sincera. Além disso, não acho que vocês possam me responder. As perguntas e respostas em geral não são o meio mais seguro pra descobrir as coisas."

"O que você quer dizer?"

"Em termos abstratos, eu gostaria de saber o que os punks pensam, por que se tornam punks e tudo mais. Mas eu mesma me pergunto: pra que que eu quero saber, e eu com isso."

Tudo isso era muito lógico, muito racional, e ela poderia ter continuado por um longo tempo nessa linha, até "marcizar" toda a situação. Que ilusão! Mao se encarregou de acabar com a festa de uma só vez.

"Que babaca você, Marcia."

"Por quê?", ela se corrigiu logo (se corrigiu porque era incorrigível): "Sim, sou babaca. Você tem razão. Eu deveria me tornar punk pra saber o que é e pra saber por que eu quero saber".

"Não", Mao a interrompeu com um risinho sarcástico sem nenhum humor. "Você tá completamente enganada. Você é muito mais babaca do que você mesma acha. A gente não é 'punk'."

"O que vocês são, então?"

"Você jamais entenderia."

"Além disso", Lenin interveio suavemente, com seu jeito menos grosso do que o da outra, "você não acha absurda inclusive a possibilidade de *você* se tornar punk? Você não se olhou no espelho?"

"Você tá dizendo isso porque tenho... excesso de peso?", perguntou Marcia sentida e demonstrando isso com o olhar mesmo sem querer.

Lenin pareceu quase a ponto de sorrir:

"Muito pelo contrário..."

"Muito pelo contrário", repetiu Mao com ardor. "Como você não consegue perceber?"

Esperou um instante e o desconcerto de Marcia ficou flutuando no ar.

"Você tinha razão", disse Lenin para a amiga: "ela é incrivelmente babaca."

Marcia tomou uma colherinha do sorvete. Sentiu-se livre para mudar de assunto.

"Como assim vocês não são punks?" A única resposta foi um estalar da língua por parte de Mao. "Por exemplo, vocês não gostam do The Cure?"

Esfinges. Lenin transigiu em perguntar:

"O que é isso?"

"A banda inglesa, os músicos. *Eu* gosto. Robert Smith é um gênio."

"Nunca ouvi."

"É aquele cretino", disse Mao, "que passa batom e pó na cara. Eu vi na capa de uma revista."

"Que idiota."

"Mas é teatral", balbuciou Marcia, "é... uma provocação, só isso. Não acho que ele goste de se maquiar. O look é parte da filosofia que ele representa..."

"Mesmo assim é um idiota."

"Vocês preferem heavy metal?"

"Não preferimos nada, Marcia."

"Vocês não gostam de música?"

"A música é idiota."

"Freddy Mercury é idiota?!"

"Claro que sim."

"Que niilistas vocês são. Não acredito que vocês pensem isso de verdade."

Mao fechou um pouco os olhos e não disse nada. Marcia voltou ao assunto:

"Do que vocês gostam então?"

Mao apertou ainda mais os olhos (estavam quase fechados) e continuou sem dizer nada. Já Lenin suspirou e disse:

"A resposta que você tá esperando é 'nada'. Mas a gente não vai dizer 'nada'. Você vai ter que continuar fazendo perguntas, mesmo achando que não levam a lugar nenhum."

"Eu desisto."

"Parabéns", disse Mao. Ela relaxou e abriu os olhos para olhar em volta. "Que lugar abjeto. Sabe de uma coisa, Marcia? Nesses lugares com atendentes mulheres, que devem ser solteiras porque senão nem são contratadas, sempre tem pelo menos uma grávida. Sempre tem pelo menos uma tragédia em andamento."

"São feministas", pensou Marcia, enquanto a outra falava. Foi uma pequena conclusão automática que a decepcionou um pouco. Ergueu a vista do sorvete e se deparou com o olhar de uma das moças uniformizadas que estava varrendo. Ela as examinava com curiosidade, sem disfarçar. Era uma moça jovem, quase como elas, baixinha, loira, gorducha, rosada, com cara ingênua de camponesa europeia. Marcia sentiu certa inquietude sob sua avaliação. Porque essa moça se parecia extraordinariamente com ela, eram do mesmo tipo. Ela teria preferido, num impulso irracional, ocultá-la da vista das amigas. Ela a desvalorizava; elas podiam perceber que não era a única feita nesse molde. Mas as punks estavam pensando em outra coisa, elas a tinham visto e não notaram a semelhança (não havia semelhança, na realidade, era antes o pertencimento a um mesmo tipo). Mao disse a Marcia:

"Agora você vai ver", e chamou a moça, que se aproximou imediatamente. "Fiquei de trazer uma roupinha e uns sapatinhos pra uma garota que trabalha aqui e que tá grávida, mas não me lembro do nome dela. Você sabe qual é?"

"Grávida?"

"É. Você é surda, gorda sacana?"

"Quem tá grávida é a Matilde."

"...?"

"Uma moreninha, alta."

"Sim, essa mesmo", mentiu Mao.

"Ela é do turno da manhã. Já foi embora. Tem três turnos, é uma escala..."

"Estou pouco me fodendo. Obrigada. Tchau."

"Quer deixar as coisas pra ela?"

"Pra alguém roubar? Não. Vai embora de uma vez. Chispa."

A moça teria gostado de prolongar a conversa. Não parecia nada ofendida pelos modos bruscos de Mao.

"Como você conheceu ela?"

"Não é da sua conta! Dá o fora que a gente precisa conversar."

"Tá bom. Não fica zangada. Você me fez uma pergunta."

"Qual o seu nome?"

"Liliana."

"Quanto você ganha?"

"Um salário mínimo."

"Que babacas", disse Mao. "Não entendo pra que trabalham."

"Eu trabalho pra ajudar minha família. E além disso eu estudo."

"O quê?"

"Medicina."

"Não me faz rir. Continua varrendo, doutora", disse Mao.

"Eu tenho que terminar o segundo grau."

"É, claro. E o primeiro."

"Não, o primeiro grau eu já terminei. Tô no primeiro ano. Saio daqui e vou pra escola, no período noturno. Eu me sacrifico pra sair dessa. O problema desse país é que ninguém quer trabalhar."

Mao se endireitou na cadeira e olhou Liliana de frente.

"Você não sabe o nojo que eu tenho de você. Dá o fora, porque eu não quero te bater."

"Por que você vai me bater? Além disso, eu sei me defender. Tenho personalidade forte."

Ela dizia tudo isso com a humildade de uma sonâmbula. Parecia meio idiota, meio simples. Numa coisa não se parecia com Marcia: não sorria. Continuou varrendo e se afastou, mas como quem diz: volto já.

"Que babaca", comentou Lenin.

"Por quê?", perguntou Marcia. "Deveriam existir mais pessoas como ela. Trabalha, estuda... A gente devia ter perguntado pra ela se tem namorado."

"Mas você não percebeu que ela é deformada! Quem vai querer foder com um monstro desses!"

Marcia ia de surpresa em surpresa. Da surpresa passava à surpresa dentro da surpresa. Não só Liliana não lhe parecera deformada (pelo contrário, vira nela essa normalidade profundamente segura de si, característica de pessoas pouco esclarecidas), como, além disso, vira a atendente como uma réplica dela mesma. Marcia era tipicamente jovem na medida em que só concebia o amor como uma questão de tipos gerais; a gente só se apaixonava por um conjunto de características que se reuniam num indivíduo e que também podiam se reunir em outro. Bastava encontrar quem as tivesse. Isso é o amor para os jovens e por isso eles são tão inquietos, tão sociáveis, por isso procuram tanto; porque o amor pode estar em qualquer lugar, em todas as pessoas; o mundo inteiro é amor para eles.

Mas se as punks não tinham se apaixonado pelo tipo que ela encarnava... pelo que então? Onde estava a chave? Mao tinha lhe dito que estivera esperando por ela, que só de vê-la tinha sabido que a amava. Isso queria dizer que sabia como ela era, como devia ser. E agora ao que parecia não era assim.

Em meio a sua incerteza, empreendeu a defesa de Liliana:

"Você tá enganada", disse para Mao. "Ela não é deformada, não é feia e aposto que tem um namorado. Não, não chama ela", disse vendo um movimento da outra. "Não importa o que ela pode dizer. Fala a verdade: ela não é bonita, do jeito dela? É infantil, é meio boba, mas existem dezenas de garotos que gostam desse tipo. Pode despertar o desejo de proteção, por exemplo..."

"Em mim desperta o desejo de esmagar que nem um bicho."

"Tá vendo? Tem gente que se casa por menos que isso", fez uma pausa, e se arriscou mais: "Justamente, é a minha única esperança de não ficar solteirona. Não notaram que ela tem o mesmo tipo que eu?"

O olhar que Mao dirigiu a ela gelou seu sangue. Teve o sentimento tenebroso de que ela lia seu pensamento o tempo todo. Mais ainda: de que a levara deliberadamente até esse ponto, que tudo fora uma manobra sádica. Apressou-se em mudar de assunto.

"Por que tanta agressividade? Por que trataram ela tão mal e fizeram ameaças, se ela parecia tão amável?"

"No fundo, ninguém é amável", disse Lenin (sua amiga parecia se poupar para outros esclarecimentos mais importantes).

"Isso é um preconceito. Ninguém vai ser amável *com vocês*, se pensam e agem assim. É preciso ser mais otimista."

"Não fala besteira", disse Mao, que, pelo visto, considerava que o momento dos esclarecimentos importantes tinha chegado. "Você tá atuando. Tá imitando essa pobre infeliz. 'Eu me sacrifico...' Esse tipo de gente precisa ser destruído."

"Por quê?"

"Porque sofre. Pra não sofrer mais."

"Mas ela não sofre. Quer ser médica, quer ser feliz. É... inocente. Achei ela muito boa e doce. Se eu pudesse ajudaria ela em vez de xingar como vocês fizeram. Ela acredita que no fundo as pessoas são amáveis e deve continuar acreditando, apesar do jeito que vocês trataram ela."

"Ela pode acreditar no que ela quiser. Mas eu tenho certeza de que ela enfiaria uma faca nas minhas costas se tivesse a oportunidade."

"Não, não acredito."

"Se se atrevesse, sim. A única coisa que eu daria pra ela com gosto seria ensinar a dar punhaladas pelas costas. Isso seria mais útil pra ela do que virar médica."

"Acho que tô entendendo, um pouco", disse Marcia. "Vocês gostariam que o mal reinasse no mundo. Gostariam de destruir a inocência."

"Não fala besteira."

"A gente não quer nada", disse Lenin.

"Nada."

"Nada disso. É tudo inútil."

Inútil? Isso lhe dava uma pista e foi atrás dela:

"Quer dizer que tem outras vias, outras ações, que são úteis? Quais são?"

"Como você enche o saco com esse falatório", disse Mao. "Olha aí um grande exemplo de inutilidade."

"E o que é útil então? Pra que serve viver? Me digam, por favor."

"Você tá fazendo o papel da Liliana. Enquanto não voltar a ser você mesma, não vou te dirigir a palavra."

Era verdade, de certo modo. Exceto que Marcia não acreditava poder avançar (e não só nesta ocasião: sempre) a não ser mudando de papel, fazendo personagens. De outro modo, se enfiava em becos sem saída, precipitando-se no abismo, paralisada pelo medo. Nesse momento ocorreu-lhe que talvez esse medo fosse algo que era preciso encarar, aceitar. Essa podia ser a lição do niilismo punk. Mas ela não acreditava: por um lado, suas duas acompanhantes negariam que tivessem outra lição para propor a ela; por outro, elas mesmas, fantasiadas como estavam, desmentiam essa moral. Embora isso não fosse tão sem pé nem cabeça assim, dentro do clima de transmutação de todos os valores em que se moviam.

"Tudo bem", disse. "Mas antes de abandonar o meu papel de Liliana, quero dizer uma coisa: eu me identifico com ela pela inocência. Não importa as idiotices que ela pode dizer, nem a pena que pode dar, ela é inocente, e eu gostaria de ser tão inocente quanto ela, e provavelmente sou. Vocês dizem que ninguém foderia com ela. Tão completamente enganadas, mas dá no mesmo. Digamos que ela seja virgem... como eu", fez uma pausa. Se isso não era o abismo, parecia bastante. Não houve comentários. "Quando vocês me pararam, eu tava passeando num mundo onde a sedução era muito discreta, muito invisível. Tudo o que diziam e acontecia na rua eram sinais sedutores, porque o mundo seduz a virgem, mas nada se dirigia a mim pelo meu nome. E então vocês apareceram, com essa brutalidade: quer foder? Foi como se a inocência se personificasse, não exatamente em vocês ou em mim, mas na situação, nas palavras (não consigo explicar). O mundo antes tava falando e não dizia nada. Depois, quando disse, a inocência tirou a máscara. Agora reparem na Liliana. Ela veio representar a mesma coisa, sendo que às vezes a gente pode pensar que as coincidências não existem. Ela fala da sua vida como se fosse a coisa mais natural, é outra forma de tomar a palavra, mais violenta até do que a de vocês. Eu achei, num primeiro momento, que ela me ofuscava, por contraste, mas na realidade quem ela diminui são vocês. Embora, no fundo, seja a mesma inocência e essa inocência é a única coisa que eu consigo entender."

"Isso quer dizer que você não entende nada", interrompeu Mao, com um gesto de nojo um tanto distante, bem característico dela. "Não tem mais conversa."

"Não entendo por que vocês se negam a raciocinar!"

"Você vai entender, eu prometo. Acabou?"

"Sim."

"Fico feliz. Vamos falar de outra coisa."

Ficaram caladas por um momento. O Pumper tinha começado a encher, o que era tranquilizador para Marcia, porque se perdiam melhor na multidão. Mas se todas as mesas fossem ocupadas, o que parecia estar prestes a acontecer, viriam expulsá-las. Nesse meio-tempo, o sorvete tinha acabado. Como se fosse uma superstição para impedir que a interrupção ocorresse, Marcia se apressou a apresentar outra inquietude, que lhe pareceu produtiva:

"Agora há pouco, ali na frente, vocês tavam com alguém?"

"Não. Já te disse que a gente tava sozinha."

"Como tinha uma concentração de pessoas..."

"A gente tinha se enfiado no meio daqueles babaquinhas pra ver se ficava com alguém, mas a gente não conhecia ninguém e não deu tempo de escolher, porque você apareceu..."

A informação dava alguns elementos interessantes, mas parecia pensada de propósito para que eles fossem do tipo que Marcia preferia não indagar. Então ela continuou na mesma direção que tinha tomado antes.

"Mas vocês pertencem a algum grupo?"

"O que isso quer dizer?"

"Tô falando de algum grupo de punks."

"Não", disse Mao sublinhando venenosamente cada palavra. "A gente não é de nenhum clubinho."

"Eu não disse isso num sentido pejorativo. A gente sempre tende a se aproximar de pessoas que compartilham nossas ideias, gostos, modo de ser."

"Que nem você e a Liliana, por exemplo? Você pertence a algum grupo de inocentes?"

"Não distorce o que eu quero dizer. E não finge que não entende. Aqui e em todo lugar do mundo os punks têm grupos e se apoiam entre si na sua rejeição da sociedade."

"Parabéns pela erudição. A resposta é não."

"Mas vocês conhecem outros punks?"

Ela gostou da própria pergunta. Deveria tê--la feito no início. Era uma armadilha perfeita. Era como se alguém lhe perguntasse se conhecia outros seres humanos. Se respondessem negativamente, que era, claro, o que queriam fazer, poriam em evidência sua má-fé. Não sabia que vantagem isso podia lhe oferecer, mas pelo menos teria uma resposta.

Mao voltou a fechar os olhos. Era inteligente demais para não ver toda a dimensão da cilada. Mas não daria o braço a torcer. Isso nunca.

"Que importância isso tem?", disse. "Por que você tá empenhada em fazer a gente falar sobre o que a gente não quer?"

"Fizemos um pacto."

"Tudo bem. O que você tinha perguntado?"

Marcia, implacável:

"Se vocês conhecem outros punks."

Mao, a Lenin:

"Você conhece algum?"

"O Sergio Vicio."

"Ah, verdade, o Sergio...", voltou-se para Marcia. "É um conhecido nosso, agora faz muito tempo que a gente não vê, mas é um exemplo excelente. É uma pena a gente não ter uma foto dele aqui. Tocava baixo numa banda, tava sempre drogado e era um cara muito legal, e deve continuar sendo, embora um pouco maluco, desconectado. Quando fala, coisa que faz muito de vez em quando, não dá pra entender nada. Uma vez aconteceu um negócio muito curioso com ele. Uma mulher muito rica foi numa festa e, entre outras coisas, usava uns pingentes com quatro esmeraldas cada um, grandes que nem xicrinhas de café. De repente, ela percebeu que tinha um faltando; por mais que vasculhassem todos os sofás e tapetes, não encontraram. Como custavam milhões e as mulheres ricas são muito apegadas às suas coisas, que sempre custam milhões, foi um grande escândalo, que saiu até nos jornais. Os convidados entraram num acordo pra que fossem revistados na saída, mas o embaixador do Paraguai, que tava presente, se negou, e a revista não foi feita. É claro que ele foi o principal suspeito. O Ministério se envolveu no assunto e o embaixador acabou sendo chamado de volta ao seu país e destituído. Um ano depois, a mulher foi a uma festa no Palladium. Qual não foi sua surpresa quando viu na pista de dança o Sergio Vicio com as quatro esmeraldas penduradas na orelha. Os guarda-costas foram atrás dele imediatamente e trouxeram ele arrastado. Ela tava com um coronel, o ministro do Interior, com o Pirker e com a esposa do Mitterrand. Colocaram uma cadeira extra e fizeram o Sergio Vicio sentar. Como a conversa tinha se desenrolado em francês, a mulher perguntou se ele falava a língua. Sergio disse que sim. 'Faz um tempo', contou ela, 'perdi um pingente idêntico a esse que você tem. Eu me pergunto se é o mesmo.'

Sergio olhava pra ela, mas não via nada (nem ouvia). Tinha dançado duas ou três horas sem parar, coisa que ele faz com frequência porque adora dançar, e a interrupção súbita do movimento tinha causado nele um desequilíbrio de pressão. Era a primeira vez que isso acontecia com ele, porque sempre, por instinto, parava de dançar gradualmente e depois saía pra andar até de manhã. O efeito desse acidente foi que ele perdeu a visão; tudo foi se cobrindo de pontinhos vermelhos e não viu mais nada. O nome disso é 'hipotensão ortostática', mas ele não sabia. Outros sintomas que acompanham a perda da visão são a náusea, que ele não sentiu porque fazia dois ou três dias que não comia nada, e a vertigem, à qual tava acostumado pela experiência com o pó, que longe de incomodar ou assustar, deixou ele entretido durante o resto da cena, pela qual passou balançando no espaço cósmico. A mulher, um ás no manejo dos dedos, soltou o pingente da orelha dele num passe de mágica. Pois bem, nessa noite, nessa festa, em homenagem aos músicos da ORTF em visita no país, o Palladium estava inaugurando um sistema de luzes de radiação de quark, a coisa mais moderna da tecnologia. E foram acesas exatamente nesse momento. Na mesa, todo mundo tava tão distraído com a presença do Sergio Vicio que não ouviram o anúncio feito nos alto-falantes. Quando a mulher tirou da orelha o pingente e levantou segurando ele pelo ganchinho pra que os demais vissem, começou a dizer 'Essas esmeraldas...'. Só chegou a pronunciar isso, porque as novas luzes, atravessando as pedras, tornaram elas transparentes, como o cristal mais puro, sem o menor rastro de verde. Ela ficou boquiaberta. 'Esmeraldas?', disse a esposa do Miterrand, 'são é diamantes. E que água! Nunca vi nada assim.' 'Que diamantes o quê!', disse o Pirker, 'de onde esse vagabundo ia tirar isso. São miçangas do lustre da vovó, amarradas com arame.' A dona, paralisada, abria e fechava a boca como um anuro. E nesse momento já ressoavam as primeiras notas do Pierrot Lunaire. Ninguém menos que Boulez tava no palco e a fantástica

Helga Pilarczyk como recitante. A atenção dos personagens se deslocou pra música. Nenhuma esmeralda transformada em diamante podia se comparar com as notas lívidas da obra-prima. A elegância mais elementar ditava a supremacia da música sobre as joias. A mulher, com movimentos de autômato, um movimento que duplicava, invertendo, o anterior, pendurou o pingente no lóbulo do Sergio Vicio e viu, com angustiado silêncio, que os seus guarda-costas, interpretando mal as coisas, erguiam ele inquietos e levavam de volta pra pista de dança, onde ele começou a se mexer de novo, indiferente à música, até recuperar a visão e sair pra andar, sempre no piloto automático. E ela nunca mais viu as esmeraldas."

Silêncio.

Marcia estava extasiada. Era a primeira vez na vida que ouvia uma história bem contada e lhe parecera sublime, uma experiência que compensava todas as agitações do encontro.

"É maravilhoso", balbuciou. "Sei que deveria te parabenizar, mas não tô encontrando as palavras. Você me surpreendeu muito mais do que eu poderia expressar... Eu me senti transportada enquanto você falava, foi como se tivesse visto tudo."

Mao fez um gesto de impaciência. Para Marcia era uma experiência tão nova que só conseguiu pensar nas regras de etiqueta que deveriam reger esses casos. Deveria descobri-las sozinha, e rápido, enquanto tudo ocorria. Para começar, compreendeu que não era apropriado continuar fazendo elogios à forma; esses elogios deviam ser transmitidos de modo implícito nos seus comentários sobre o conteúdo. Mas, no seu deslumbramento, figura e fundo se confundiam; qualquer coisa que tentasse dizer sobre a primeira coisa recairia inevitavelmente sobre a segunda. O mais prático, e o que vinha a ela com mais naturalidade, eram perguntas, dúvidas. O que aconteceu depois com Sergio Vicio? E com o pingente? Como ele tinha entrado nessa festa no Palladium? Elas duas, Mao e Lenin, tinham ido lá alguma vez? Marcia, é claro, nunca tinha ido à famosa discoteca. Era provável que os punks tivessem entrada franca, mesmo nas ocasiões mais importantes, para dar uma cor local, como parte da decoração. Para ela, o Palladium tinha todos os matizes de um lugar sonhado e não a surpreendia que se encontrasse ali toda essa gente importante e famosa... Era quase outro mundo, mas que tocava neste pela tangente fantástica do relato... Por acaso suas amigas tinham estado no Palladium *naquela noite*? Como tinham ficado sabendo do que aconteceu? Isso era o importante e disso tratava de certo modo a anedota do pingente...

Começou a fazer as perguntas, que para elas pareceram fora de lugar. Quem eram os músicos que tinham sido mencionados? O único que soava conhecido era o chamado Pierrot, acreditava lembrar que ele tinha tocado com Tom Verlaine na televisão. A arte de Mao como narradora a transportara da fluorescência plebeia do Pumper às sombras do sonho atravessadas por essa luz lunar e ela até tinha acreditado ouvir uma música nunca ouvida antes, algo que podia ser ainda mais lindo, embora parecesse inconcebível, do que o The Cure e os Rolling Stones...

Mas nenhuma das perguntas chegou à resposta porque se materializou, junto à mesa, uma segunda gerente, terrível e ameaçadora, e não houve outra saída a não ser prestar atenção nela. Era justamente o tipo de pessoa em que era preciso prestar atenção. Sobretudo porque ela repetia a primeira gerente, acentuando cada um dos seus traços: era mais alta, mais loira, sua minissaia era mais curta, era mais bonita, mais severa, mais decidida. Se a outra parecia dessas que não se deixam atropelar (esse devia ser o requisito para esse posto), esta já era o protótipo da personalidade forte, da iniciativa enérgica.

"Fora."

Sua voz também não deixava lugar para dúvidas. Marcia teria levantado sem problemas e ido embora. Olhou para Mao, cujo olhar se erguia sem pressa para a intrusa como o desenrolar letal de uma cobra. Essa era uma oponente digna dela. A etapa das Lilianas tinha passado.

O estabelecimento reservava a artilharia pesada para o final.

"O que foi?"

"Vocês têm que ir embora."

"O quê?", era realmente como se estivesse voltando de um sonho. "O quê...? Quem é você?"

"A geren..."

De repente, Lenin tinha um canivete aberto na mão, a lâmina em riste, afiadíssima, de vinte centímetros de comprimento. Marcia ficou pálida; Lenin estava sentada junto dela, do lado da parede; se houvesse um ataque, ela bloquearia sua saída. Mas não dava a impressão de que fosse chegar a tanto. Mao olhou para a amiga e disse:

"Guarda isso, não precisa."

"Querem que eu chame a polícia?", perguntou a gerente, ameaçando se afastar.

Mao respondeu no seu tempo:

"Você tem uma cara de filha da puta que não dá pra acreditar."

"Você quer que eu chame a polícia."

"Sim. Vai, por favor, chama."

Tudo isso era dito para além da violência, Marcia observou, descobrindo uma dimensão nova nas punks e, também, outra vez, no mundo. Elas iam de potência em potência, seguras da sua força e até do equilíbrio das suas forças, num nível desmesurado. Nesses confrontos, o triunfo correspondia a quem tivesse uma arma secreta e era óbvio que, das duas, Mao era quem tinha.

"Vocês andaram ameaçando uma das meninas...", disse a gerente.

"Qual menina? A Liliana? Mas ela é amiga nossa."

Ligeiramente desconcertada, a supervisora olhou para Marcia, que assentiu. Era um ponto a favor, pena que Mao o desperdiçou imediatamente:

"A gente tá esperando o turno dela acabar pra ir foder. Algum problema?"

"Você tá de sacanagem, sua imunda?"

"Não, sua vadia de merda. A Liliana é sapata e tá muito feliz de ir pra cama com a gente. Vai reprimir, por acaso?"

"Vou agora mesmo perguntar pra ela."

"E você acha que ela vai te dizer a verdade? Além de filha da puta, você é idiota."

"A Liliana sai às dez e vocês não vão ficar horas aqui."

"A gente vai ficar o tempo que der na telha. Tchau. Vai chamar a polícia."

Elas se encararam por um momento. A outra saiu, com um gesto de: já volto. Todas se despediam com o mesmo gesto, mas nunca voltavam.

Passado o momento difícil, quando recuperou a palavra, Marcia se sentiu sinceramente escandalizada.

"Como você ousou cometer uma infâmia dessas! Como você jogou o fardo em cima da coitada da Liliana! Isso pode custar o emprego dela. Acho que ela tá com os minutos contados."

"Por quê?"

"Você acha que eles vão querer uma funcionaria lésbica, que tem amantes que mostram canivetes...?"

"Tudo é relativo, Marcia. Quem sabe agora vão começar a tratar ela com mais respeito. E se for demitida, vai conseguir um emprego melhor, porque é a lei da vida. Nesse sentido, o mais provável é que, sem querer, a gente tenha feito um favor pra ela. Ela não me pareceu feliz com o que ela faz. Só o fato de ter dado trela pra gente mostra que ela tá aberta pra outras possibilidades."

"Pode ser", disse Marcia, sem muita convicção. "Mas, de qualquer maneira, não concordo com a mentira. A mentira é sempre uma calúnia. A verdade pra mim é sagrada."

"Pra mim não."

"Pra mim também não", disse Lenin.

"Isso depõe contra vocês. Desvaloriza tudo o que disseram..."

Pela primeira vez, desde que tinham entrado, Mao demonstrou um interesse genuíno, como se, por fim, Marcia tivesse acertado um assunto que valia a pena.

"Tá bom", disse. "E daí?"

"Como 'e daí'?"

"Sim. Que importância tem isso?"

"Tem toda a importância que pode ter. É o que faz a diferença entre falar por falar e querer dizer alguma coisa."

Mao negou com a cabeça:

"Você acha que tudo o que a gente disse desde que sentou nessa mesa tem alguma importância?"

Não era uma pergunta totalmente retórica. Ela estava esperando uma resposta.

"Acho", disse Marcia. "Pra mim, sim."

"Bom, você tá enganada."

"Se você pensa assim, por que você se dá ao trabalho de falar?"

"Nem que seja pra te fazer entender isso, Marcia: que não tem nenhuma importância. Que tudo é nada, ou equivalente a nada."

"E você me disse que não eram niilistas!"

"A gente não é. *Você* é niilista. Sério, você podia passar a vida dizendo bobagem, preocupada com coisas como essas que acontecem aqui, nesse microcosmo do hambúrguer? Tudo isso é acidental, é só a mola que joga a gente de volta pro que é importante. E então a gente volta pro ponto de partida. Tá satisfeita agora? Já sabe tudo o que queria saber sobre a gente? Dá pra voltar a falar sobre aquela outra coisa?"

"Eu não te entendo, Mao...", houve uma inflexão suplicante na sua voz, completamente involuntária. Mas na hora de pronunciar o nome da punk, Marcia sentiu de novo algo indefinível, agora mais perto da sua consciência, embora ainda do lado de fora. O lugar se tornara irreal, talvez pelo movimento incessante de adolescentes pelo corredor ou pela iluminação muito forte e branca ou, mais provável, pela imobilidade, que ela nunca suportara bem. Na parede, havia um espelho e ela o olhou pela primeira vez: estava pálida, com os olhos opacos. Os rostos das outras pareciam velados. "Não tô me sentindo bem. Acho que o sorvete me fez mal. Que horas será que são?", a pergunta caiu num silêncio indiferente. "A hora também não tem importância pra vocês? Suponho que não. Claro que não. Por que teria? Como podem decidir por mim o que tem importância e o que não? Vocês nem me conhecem. Nem eu conheço vocês. Quem são vocês? O que vocês querem?"

"Isso eu já te disse."

O que queriam? Quem eram? Quem era ela? Tudo se apagava numa névoa corrosiva. Sentia-se paralisada. Caso se mexesse, ela se dissolveria como uma figura de fumaça. Nada tinha importância, tudo bem. Afinal, elas tinham razão. Passaram uns garotos discutindo aos berros. Detrás, vinha Liliana com seu passo um pouco bamboleante. Ela deu uma olhada na mesa, como se a visse pela primeira vez, e tirou a bandeja com a mão esquerda, enquanto com a direita passava o pano úmido, desnecessariamente, porque não tinham sujado nada. Ao mesmo tempo, dizia:

"Aqui vem todo tipo de gente estranha."

"Vamos", disse Mao, ficando de pé de repente.

Lenin a imitou e, como para sair precisava que Marcia levantasse do banco, ajudou-a a se erguer, segurando seu braço. Mao segurou no outro e a viraram, apontando para a porta. Liliana ficou olhando para elas, séria e inescrutável, com a bandeja na mão, até que saíram.

O ar frio da rua fez Marcia renascer. Não que estivesse tão frio, mas no Pumper a calefação estava forte demais e o contraste era notável, principalmente porque ela não tinha tirado o pulôver lá dentro. Deram uns passos e todo seu mal-estar se dissipou, talvez porque não tivesse existido. Ela se sentia muito lúcida; seu pensamento se espreguiçava e se estendia, embora ainda não se aplicasse a nada, o que lhe produzia uma sensação de plenitude. Sentia que se aproximava o momento, na realidade, se precipitava, de encontrar um modo de se despedir. Era uma espécie de compulsão para pensar, naquele momento em forma de iminência, e Marcia sabia que quando o pensamento se manifestasse em ideias e as ideias em palavras, a contração da plenitude transformaria o mundo num brinquedo. Na realidade, tudo se miniaturizava. A própria rua demonstrava isso: todas as luzes acesas não faziam nada além de reduzir a noite a uma espécie de bolha protetora da qual era impossível escapar, nem que fosse num sonho. Com um gesto muito comum em quem sai de um lugar fechado, ergueu a vista para o céu (para ver se chovia). Acreditou ver todas as estrelas; ou as viu, mas distraída, sem pensar, e isso, no caso das estrelas, equivalia a não vê-las. Não tinha passado tanto tempo, porque a atividade continuava exatamente igual a quando entraram. O grosso da juventude continuava parada na calçada do outro lado da rua; deste lado, havia uns grupinhos nas escadarias do banco ao lado do Pumper, mas prevalecia o movimento. A circulação era tão intensa que causava vertigem. O passo apressado das punks, ao qual ela se ajustava sem saber bem por quê, acentuava esse sentimento. O fluxo de gente as separou e reuniu de novo duas ou três vezes em uns poucos metros. Impaciente, Mao segurou seu braço e a levou até o recuo triangular de uma drogaria. Lenin veio atrás delas.

"Quer foder? Fala que sim."

"Me solta", disse Marcia, franzindo a testa. "Pra começar, não me toca. A resposta é não. Continua sendo não, por que ia mudar? Quero ir pra casa."

Apesar disso, ela tinha parado. Mas ao ver o gesto decidido de Mao, gesto que lhe pareceu de loucura, negando com a cabeça sem afastar os olhos dos seus (o normal é afastar os olhos dos do interlocutor quando a gente nega sacudindo a cabeça), sentiu a urgência de continuar andando. Podia fazer isso. Deu uns passos de volta para a calçada e parou de novo para completar o raciocínio. Junto ao impulso de fugir, dominava-a o de falar, pois de repente se sentia capaz de fazer isso, como se retornar ao assunto principal a liberasse de um feitiço.

"Por culpa de vocês a gente não conseguiu falar lá dentro. É a mesma situação de antes, ou pior até. Eu queria saber alguma coisa e continuo sem saber. Pra vocês não é importante, mas e pra mim?"

"Não. Pra você também não."

"Que teimosa você é! Você não tem consideração!"

"A gente fez uma vontade sua, mas na verdade não precisava falar."

"Então não vamos dizer mais nada. Adeus."

Saiu andando sem olhar para elas.

"Do amor não tem nada pra falar", disse Mao.

"Tem muitas coisas que dá pra falar. Tudo é muito complicado", ela não sabia o que estava dizendo.

"Não. É supersimples. Só precisa decidir logo."

Elas estavam andando também, e depressa, como era de costume. As três iam para a esquina. Mao parecia ir reunindo forças para um ataque definitivo. Marcia decidiu que não estava mais interessada. Estava cansada da discussão.

Para além do que ela admitia, mais sinceramente, Marcia estava desiludida porque a conversa não tinha dado frutos. E não tanto por ela não ter obtido mais dados sobre o mundo punk (já que, ao ignorar quantos dados havia, não podia saber se eram muitos ou poucos), mas porque o mundo punk não se revelara como um mundo ao contrário, simétrico e em espelho em relação ao mundo real, com todos os valores invertidos. Isso teria sido a verdadeira simplicidade e a teria deixado satisfeita; ela reconhecia isso com certa vergonha, porque era pueril, mas não tinha mais vontade de se enredar. Era uma oportunidade perdida e, com ela, todo o resto se perdia, dando por encerrado o episódio.

Tinham chegado até a esquina; Mao parou. Olhou para a rua Bonorino, bastante escura, e se virou para Marcia.

"Vamos um pouco até ali, que eu quero te dizer uma coisa."

"Não. Não tem mais nada pra dizer."

"Só mais uma coisa, Marcia, mas fundamental. Não seria injusto que você me deixasse com a palavra na ponta da língua quando finalmente vou te dizer o que importa? Agora, sim, quero te falar do amor."

Apesar de tudo o que ela decidira um momento antes, Marcia sentiu curiosidade. Sabia que não haveria nada novo, mas mesmo assim continuava sentindo. Era a magia que as punks exerciam sobre ela: faziam-na acreditar numa renovação do mundo. A desilusão era secundária. A desilusão era dela, mas Marcia era dessas pessoas acostumadas a se pôr à margem e a avaliar a situação se excluindo dela. De modo que seguiu Mao, e Lenin a seguiu. Não foram muito longe. Logo depois das vitrines da Harding havia um trecho muito escuro, a vinte metros da esquina. Ali se agruparam contra a parede. Mao começou a falar sem preliminares, num tom de urgência. Olhava fixamente para Marcia, que na penumbra se sentiu mais livre para devolver o olhar com uma intensidade que era rara nela.

"Marcia, não vou te dizer mais uma vez que você tá errada, porque você já deve saber. Esse mundo de explicações em que você vive é um erro. O amor é a saída do erro. Por que você acha que eu não posso te amar? Você tem um complexo de inferioridade, como todas as gordas? Não. Se você acha que tem, também tá enganada nisso. Meu amor te transformou. Esse teu mundo tá dentro do mundo real, Marcia. Vou fazer uma concessão e te explicar umas coisas, mas você precisa levar em conta que tô me referindo ao mundo real, não ao das explicações. O que te impede de me responder? Duas coisas: que não seja repentino e que eu seja uma garota. Do repentino, não precisa dizer nada; você acredita no amor à primeira vista tanto quanto eu e como todo mundo. Isso é uma necessidade. Agora, sobre o fato de que eu sou uma garota e não um garoto, uma mulher e não um homem... Nossa brutalidade te escandaliza, mas não te ocorreu pensar que no fundo só existe brutalidade. Nas mesmas explicações que você tá buscando, quando chegam no fim, na explicação última, o que é que tem além de uma clareza nua e horrível? Até os homens são essa brutalidade, mesmo que sejam professores de filosofia, porque debaixo de todo o resto existe a longa e grossa pica que eles têm. Isso e mais nada. É a realidade. Claro que podem demorar anos e léguas pra chegar aí, podem gastar todas as palavras antes, mas dá no mesmo, ainda que demorem pouco ou muito, que usem uma vida inteira pra chegar a esse ponto ou te mostrem o pau antes de você ter atravessado a rua. Nós, mulheres, temos a vantagem maravilhosa de poder escolher entre o circuito longo e o curto. A gente sim pode fazer do mundo um relâmpago, um pestanejar. Mas como a gente não tem pau, desperdiça a nossa brutalidade numa contemplação. E, no entanto... *tem* uma coisa repentina, um instante, quando tudo se torna real e sofre a mais radical das transformações: o mundo se torna mundo. Isso é o que estoura os olhos, Marcia. Aí é onde cai toda a cortesia, toda conversa. É a felicidade e é o que eu tô te oferecendo. Você seria a maior das idiotas que já existiu e que vai existir se não enxergar isso. Pensa que é muito pouco o que te separa do teu destino. Você só tem que dizer que sim."

Marcia prestara pouca atenção desde o início, distraída como estava em suas próprias reflexões, que nesse momento chegaram a uma espécie de culminação. Foi como se todas as estranhezas se desvanecessem numa descoberta que fez.

Já antes, duas vezes, ela tinha notado algo estranho, que não conseguiu definir. Agora soube o que era. Compreendeu, ou formulou com palavras, algo que ela tinha compreendido faz um tempo, quem sabe desde o primeiro momento: que Mao era linda. Saltava à vista que ela era. Ficou surpresa de não ter dito isso a si mesma até então. Era a garota mais linda que já vira na sua vida. E mais ainda do que isso. Um rosto bonito, traços harmoniosos, um jogo de expressões delicioso não eram uma coisa tão rara entre garotas dessa idade. Mas era muito, muitíssimo mais. Estava além de todos os pensamentos que podiam ser formulados sobre a beleza: era como o sol, como a luz.

E não era um efeito. Não era o tipo de beleza que se descobria a curto ou a longo prazo, pelo hábito ou pelo amor ou pelas duas coisas juntas, não era a beleza que se via pela lente da subjetividade ou do tempo. Era objetiva. Era uma beleza real. Marcia podia garantir porque nunca tinha se importado muito com a beleza e nem sequer a notava ou a levava em conta. Entre suas colegas da escola, havia várias que podiam se vangloriar de belezas sem falha. Em comparação com Mao, era como se fossem ilusões caindo diante do real.

Bom, disse a si mesma, essa era então a "arma secreta" de Mao e tudo podia ser explicado a partir daí. Mas, ao mesmo tempo, não se explicava. Porque, como a beleza podia ser um segredo?

"No entanto", Mao continuava dizendo, "o amor também admite um rodeio, e só um: a ação. Porque o amor, que não tem explicações, mesmo assim tem *provas*. É claro que elas não são exatamente uma dilação, porque as provas são a única coisa que o amor tem. E, por mais lentas e complicadas que sejam, também são imediatas. As provas valem tanto quanto o amor, não porque são iguais nem equivalentes, mas porque abrem uma perspectiva pra outra face da vida: a ação."

Marcia não prestara mais atenção nessa parte do discurso do que na anterior. Sua reflexão continuava culminando: eram duas séries paralelas, a de Mao e a dela, e era desse modo que alcançavam certa harmonia. Depois de comprovar, ou descobrir, a beleza de Mao, e ainda sob o efeito de um deslumbramento ao qual não sabia que nome dar, voltou o olhar para Lenin. O que viera antes a predispusera a ver o que não vira antes. De certo modo, não as tinha encarado.

Lenin não era bonita. Mas talvez sim. Tinha o rosto alongado, cavalar, e todos os traços (olhos, nariz, boca) de um tamanho inapropriado e fortuito. Mas o conjunto não podia ser tido como feio. Era diferente. Tão diferente que fazia pensar num tipo de beleza que poderia ser apreciado em outra civilização. Era o contrário de Mao. Numa corte exótica, primitiva ou mesmo extraterrestre, seu rosto poderia ter sido visto como uma joia viva, a realização de um ideal. Gerações de reis incestuosos teriam sido necessárias para chegar até ela e, então, seria objeto de desavenças dinásticas, guerras, intrigas, raptos, cavalheiros com estranhas armaduras, castelos no cume de montes inacessíveis... Nela, havia uma descoberta latente, que para Marcia se tornou real nesse momento: o romanesco. E havia uma profunda identificação com Mao também; elas se revelavam como as duas faces de uma mesma moeda. A beleza e a diferença explodiam na noite, e a transformação que produziam não era, como as anteriores que acreditara perceber (esta mudava sua natureza), a página virada para uma nova versão do mundo, mas *a transformação do mundo em mundo*. Era o cúmulo da estranheza e não acreditou que fosse possível ir mais longe. Ela estava certa, pois não houve mais transformações; ou melhor, a circunstância tomou a cor e o ritmo de uma grande transformação, detida e vertiginosa ao mesmo tempo. Parabenizou-se por ter dado a elas mais uma chance e até sentiu um alarme retrospectivo e hipotético: se tivesse levado a cabo sua intenção de voltar para casa minutos antes, teria se privado dessa descoberta, que lhe parecia fundamental. Quantas vezes, pensou, por não fazer um pequeno esforço a mais, as pessoas perdiam ensinamentos positivos e enriquecedores.

Mao olhava para ela, compenetrada. Marcia olhou para ela também e teve que fechar os olhos (interiormente): era linda demais. Estava a ponto de pedir que, por favor, repetisse a pergunta, se é que houvera uma pergunta, mas Mao não esperava uma resposta. Pelo contrário, foi como se ela mesma a desse:

"Você vai ter uma prova", disse.

Marcia não sabia do que ela estava falando, mas, ainda assim, assentiu com a cabeça. Então aconteceu uma coisa assombrosa: Mao sorriu. Foi a primeira e única vez que o fez e Marcia, que de jeito nenhum podia estar certa de que aquilo fosse um sorriso, soube sem sombra de dúvida que Mao sorrira para ela.

Na realidade, tratava-se de um dos fenômenos mais estranhos do universo, o "sorriso sério", que os homens com muita sorte podem ver uma ou duas vezes na sua vida e as mulheres não veem praticamente nunca. Fez ela se lembrar, quem sabe por uma associação dos nomes, de uma foto de Mao Tsé-tung, uma dessas fotos oficiais que são reproduzidas borradas num jornal, na qual nem com a maior perspicácia é possível decidir se no rosto do chinês há ou não um esboço de sorriso.

Foi algo brevíssimo, um instante, e as punks já estavam se dirigindo em busca da enigmática "prova". Marcia ia com elas, por uma gravitação natural, a gravitação do mistério, ainda na bruma dos seus pensamentos, nenhum dos quais (nem o da beleza, nem o do romanesco, nem o do sorriso) tivera uma forma definida. Atravessaram a rua sem prestar atenção se vinha um carro ou não; do outro lado da rua, na esquina, a escuridão era mais espessa, pois havia uma galeria abandonada; hesitaram quando Mao foi na direção da avenida Rivadavia mas mudou de ideia e falou com Lenin.

"Vamos!", disse depois com energia, tomando decididamente a direção contrária. Marcia ouvira-as pronunciar a palavra "Disco" e, pelo tom, entendeu que iam ao supermercado com esse nome. Com efeito, passando o cinema e uma pequena padaria, se enfiaram numa galeria no fundo da qual se via uma enorme loja do Disco, todo em luz fluorescente. E intuiu o que se propunham a fazer. Era um clássico em matéria de provas de amor (um clássico mesmo que ninguém nunca o tivesse feito): roubar algo de um supermercado e dar de presente. Era o equivalente ao que antigamente teria sido matar um dragão. Claro que não sabia o que isso poderia provar, mas queria pagar para ver. No presente iluminista do século, qualquer um diria que os dragões não existiram. Mas será que para um camponês da Idade Média existiam os supermercados? Do mesmo modo, estava em aberto o crédito da existência de uma prova que ainda se encontrava num certo lapso do futuro. Será que pediriam a ela que ficasse do lado de fora? As duas grandes paredes que separavam o supermercado da galeria eram de vidro. Dentro havia muita gente, todos os caixas funcionavam, com longas filas serpenteando entre as gôndolas e criando um engarrafamento geral. A única porta estava quase na saída da galeria que dava para a rua Camacuá. Não, não a fariam esperar do lado de fora: Mao deu um passo para o lado para que ela entrasse primeiro, sem palavras. Quando ela entrou... Não exatamente quando entrou, mas quando olhou para trás e viu o que Lenin fazia ao entrar... foi como se um sonho começasse. E, ao mesmo tempo, como se a realidade começasse.

Lenin tinha tirado do bolso, ou quem sabe das coisas metálicas que pendiam do seu pescoço, um grosso cadeado de ferro preto; ela fechou a porta de vidro, empurrou o trinco e pôs o cadeado, que, ao se fechar, fez um *clac* que a sobressaltou. Foi como se o cadeado tivesse fechado seu coração, literalmente. Mais ainda, como se o coração fosse o cadeado de ferro preto um pouco enferrujado, mas funcionando com perfeição, na verdade bem até demais. Porque a manobra tinha algo de irreversível (um cadeado quando se fecha parece que nunca mais vai se abrir, como se a chave estivesse desde já extraviada), o que somado ao imprevisto, à surpresa, tornava aquilo um sonho feito realidade...

Não era a única que tinha visto tudo. Uma mulher mais velha, baixa, de cabelo branco e sobretudo vermelho, chegava nesse momento à porta para sair, com um carrinho cheio.

"Pra trás", disse Lenin, com o canivete aberto na mão.

Um rapaz com a camiseta do Disco, que atendia no balcão das sacolas, dera uns passos na direção da intrusa, mas parou ao ver o canivete, com um gesto de estupefação quase cômico. Lenin se virou para ele, empunhando o fio da navalha:

"Quieto, filho da puta, ou te mato!", gritou. E para a velha, que tinha ficado paralisada: "Volta pro caixa!"

Deu um chute no chão e, com um movimento superveloz, deu uma facada num saquinho de leite que coroava o carrinho. O jorro branco explodiu nos olhos de várias mulheres que vinham para a saída.

Logo em seguida, passou ao lado de Marcia rumo à seção de verduras, que dava para a rua. Um homem com avental branco saía de trás da balança eletrônica, como se fosse se encarregar da situação, decidido a colocar um ponto-final nela. Lenin não gastou saliva com ele. Mostrou o canivete afiado e, como o homem ergueu as mãos para pegar a arma ou lhe bater, lançou uma estocada como um relâmpago no rosto dele. A ponta da lâmina abriu um corte horizontal profundo até o osso, até a gengiva, em cima do lábio superior, da bochecha esquerda até a direita. Todo o lábio superior do homem ficou pendurado, com sangue pulando para cima e para baixo. O cara tinha começado a gritar alguma coisa, mas parou, levando as duas mãos à boca.

Tudo tinha acontecido em segundos, apenas o tempo de se dar conta. As mulheres que escolhiam frutas e hortaliças nessa seção, da qual não se via o resto do supermercado, atinavam a começar a olhar, a se alarmar, e Lenin já estava passando entre elas, com o canivete pingando sangue, na direção do pequeno balcão do fundo, onde a moça que recebia as garrafas vazias estava paralisada. Às suas costas, havia uma portinha que dava para o depósito de descarga dos caminhões. Marcia, que ficara perto da porta, girando para ver o progresso de Lenin, compreendeu que ela ia em direção à outra saída, para fazer o mesmo que fizera na primeira. Ali devia ter um portão metálico. Não duvidou nem um instante de que o trancaria com outro cadeado... Marcia só esperava que tivesse as chaves, porque, caso contrário, não sabia como iam sair e, nessas circunstâncias, a urgência de sair enchia todo o seu cérebro, não conseguia pensar em outra coisa. Mas, de algum modo, o que era mais característico delas, o que era mais fatal, o que correspondia ao seu estilo de queimar navios, era que não tivessem as chaves, que fechassem esses cadeados para sempre.

Nesse momento, tiros foram disparados bem em cima da sua cabeça. Dois ou três ou quatro tiros, impossível contá-los. Não fizeram muito barulho, mas as cabeças dos assustados se jogaram para trás. Incrivelmente, até então ninguém gritava. A surpresa ainda estava agindo. À esquerda de Marcia, contra os vidros que davam para a rua, atrás da balança eletrônica, havia uma escadinha. Toda essa seção tinha um teto baixo. Lá em cima havia um escritório, um aquário, não muito grande, onde obviamente se situava um guarda, observando toda a extensão do supermercado, que não tinha câmeras de segurança, nem nada parecido; a vigilância era feita de modo primitivo, do tipo torre de guarda. Mao deve ter subido pela escadinha enquanto sua amiga fazia o show do canivete e, a essa altura, já teria rendido o vigia. Rendido ou algo pior. Marcia poderia jurar que não havia sido ele quem tinha feito os disparos.

No silêncio de morte que reinou na seção Verdura depois dos tiros (ouvia-se apenas a propaganda de um purê instantâneo que os alto-falantes transmitiam), soou um horrível estrondo do portão do depósito contíguo se fechando. Foi por si só um *clac* tão definitivo que o cadeado parecia desnecessário. Qualquer outra pessoa teria achado incrível que duas jovens pudessem fazer coisas como fechar um portão metálico de toneladas, render uma dezena de caminhoneiros e carregadores musculosos que devia estar no depósito ou até deixar fora de combate um ou dois vigias e se apoderar de suas armas de fogo... Para Marcia não era incrível; pelo contrário, ela não teria acreditado em outra coisa.

O eco do portão ainda não tinha sumido (realmente essas garotas não davam trégua à atenção!) quando os olhares se dirigiram para o escritório suspenso no alto, onde um dos painéis de vidro que serviam de parede estourou com um estrondo. Uma chuva de vidros grandes e pequenos de formas irregulares caiu sobre a divisória entre as seções Verdura e Refrigerantes. E entre eles caiu o projétil que causara o estrago, que não era nada além de um telefone, com o cabo arrancado, é claro.

A essa altura, o alerta tinha começado a se espalhar entre clientes e funcionários. Não se podia esperar outra coisa, porque o tempo, por menor que seja, não passa em vão. Havia aqueles que tinham começado a gritar e os que tinham começado a considerar seriamente a questão da saída. Não eram poucos os que se dirigiam para a porta e os que já tinham chegado a sacudiam com vigor, mas sem efeito. Não havia o que fazer: para sair era preciso quebrar o vidro. Isso não teria sido tão difícil, nem mesmo caro demais (sobretudo porque poderia ter evitado o que parecia ser um iminente banho de sangue), mas é incrível o respeito supersticioso que um vidro grande desperta. E segundos depois, quando a razão se impusesse, já seria tarde.

Marcia, em quem ninguém reparara, se amontoou com outras pessoas nas proximidades da porta. Dali tinha uma visão de todo o supermercado. Não sabia se o que tinha ajudado as punks no primeiro passo da operação era sorte ou um cálculo muito bem feito. Pois a porta da entrada, a escada para o escritório, o trajeto até o depósito, tudo ficava oculto pela grande vitrine de verduras, que separava essa estreita faixa que dava para a rua do resto do estabelecimento. Dali, o primeiro sinal visível foi o vidro do escritório elevado se quebrando. O estabelecimento era bastante grande, uns quarenta metros de comprimento por trinta de largura. Quem estava longe podia pensar num acidente. Alguns inclusive não devem ter ouvido nem visto nada. Uma gravação pelos alto-falantes continuava divulgando uma propaganda de óleo e de biscoitos. Em breve, muito em breve, toda ignorância ia se dissipar.

Mao apareceu no buraco deixado pelo vidro quebrado, com um revólver na mão e um microfone na outra. Parecia tranquila, alinhada, de corpo inteiro, sem pressa. Principalmente sem pressa, porque não estava perdendo um segundo sequer. Os fatos passavam num contínuo completo do qual elas tinham perfeito domínio. Era como se houvesse duas séries temporais: uma das punks, fazendo tudo, coisa após coisa, sem buracos nem esperas, e outra dos espectadores vítimas, que era só buraco e espera. A gravação transmitida pelos alto-falantes tinha cessado e deu para ouvir a respiração de Mao quando ela estava prestes a falar. Só isso produziu bastante terror. A eficiência costuma ter esse efeito. Cortar a transmissão de uma gravação e passar o sistema de som à amplificação direta devia ser muito fácil, coisa de apertar um botão e pronto. Mas saber fazer o fácil não é fácil. Unindo forças, toda a clientela do supermercado poderia ter apertado botões por uma semana sem sucesso. Os clientes sabiam disso, o que fazia com que se sentissem à mercê de uma eficiência que se encontrava consigo mesma sem esforço.

"Escutem com atenção", disse Mao por todos os alto-falantes do estabelecimento. Falava espaçadamente, com um grande domínio dos ecos. Tinha dado à sua voz um timbre neutro, informativo, que era pura histeria. Tanta e tão pura que, em comparação, a histeria crescente nos clientes parecia um nervosismo doméstico. Ela os fazia compreender que não bastava o nervosismo e o medo se acumularem e crescerem para chegar à histeria. Isso era outra coisa. Era algo que não vai além, por definição, de um máximo alcançado fora da vida, na loucura ou na ficção. Com o silêncio, cessou a pulsação dos últimos caixas que tinham continuado a funcionar até então. "Este supermercado foi tomado pelo Comando do Amor. Se vocês colaborarem, não haverá muitos mortos ou feridos. Haverá alguns, sim, porque o Amor é exigente. A quantidade depende de vocês. Vamos pegar todo o dinheiro dos caixas e vamos embora. Daqui a quinze minutos, os sobreviventes estarão em casa vendo televisão. Só isso. Lembrem-se que tudo o que acontecer aqui será *por amor*."

Como ela era literária! Seguiu-se uma dessas vacilações reproduzidas às custas do real da realidade. Um homem numa das filas soltou uma estrondosa gargalhada. Imediatamente soou um tiro, mas ele não causou um buraco na testa de quem ria e sim na perna de uma mulher baixinha que estava a dois lugares dele na fila. A perna se tornou um chafariz de sangue e a mulher desmaiou espalhafatosamente. Fez-se um redemoinho de gritos. Mao balançou um pouco o revólver que acabara de disparar e levou de novo o microfone à boca. O sujeito, pálido e perplexo, parou de rir. O tiro estava destinado a ele. Era como se ele estivesse morto, porque na ficção correspondente à sua incredulidade anterior, o buraco realmente estava na sua testa.

"Todos pra trás", disse Mao. "Afastem-se dos caixas, inclusive os funcionários. Fiquem no meio das gôndolas. Agora eu vou descer. Não vou avisar outra vez", ela jogou o revólver por cima do ombro e levou a mão livre às coisas penduradas no pescoço, das quais pegou uma que parecia uma pequena pinha de metal preto, do tamanho de um ovo de galinha. Disse: "Isso é uma granada de gás neurotóxico. Se explodir, todos vocês vão ficar paralíticos e retardados pro resto da vida".

Produziu-se um movimento para trás. Aqueles que estavam do outro lado dos caixas voltaram a ultrapassá-los, os funcionários os abandonaram; gerentes, auxiliares, todos se amontoaram buscando o refúgio das gôndolas. Aqueles que toparam com a mulher desmaiada e sua poça de sangue no caminho passaram por cima dela. Devia ter umas quatrocentas pessoas, de todas as idades e condições sociais, atropelando-se na pressa de ir para trás, mas as palavras seguintes de Mao detiveram abruptamente o seu impulso.

"Olhem pra lá", apontou para a sua esquerda. Lenin tinha aparecido sobre o balcão de laticínios, com um cacho de galões de gasolina numa mão. "Quem quiser sair das gôndolas pelo outro lado vai ser queimado vivo."

Todo o fundo do estabelecimento estava atravessado pelas geladeiras baixas de carne, depois pelo estande de queijos e frios e, no final, separadas por uma passagem estreita, as geladeiras de laticínios, sobre cuja borda superior estava Lenin. Mas atrás dessa linha sobrava um espaço vazio, no qual havia funcionários de ambos os sexos, com aventais brancos, olhando atônitos as costas da incendiária, que não prestava atenção neles. Por que não a atacavam? A maioria não tinha ficado sabendo da incursão de Lenin pelo depósito e pode ter pensado que continuava aberto e com pessoas dispostas a ajudá-los. Foi assim que dois homens, um mais baixo, outro enorme e barrigudo, se precipitaram para atacá-la, para abrir uma brecha procurando a saída da rua, sem pensar muito. O gordo, que devia se considerar uma locomotiva humana, chegou a subir entre os iogurtes, estendendo os braços para a guardiã, que nem se abalou. Numa fração de segundo, o homem estava banhado em gasolina e um chute de Lenin o fez cair de costas. Não tinha tocado o chão e já tinha sido queimado. Ela teria jogado um fósforo nele? Ninguém chegou a ver. Virou brasa. Sua jaqueta de plástico pegou fogo vistosamente e seus gritos tomaram o supermercado. Um galão caiu na sua cabeça e, ao estourar ali, carbonizando seu cérebro numa bola de fogo, fez com que parasse de gritar. Seu companheiro, chamuscado apenas de lado, buscou refúgio em meio às pessoas. Entre os gritos proferidos, os mais inteligíveis eram, curiosamente, os de mulheres que, em nome dos seus filhos, pediam obediência para que não se efetivasse a ameaça do gás. Há coisas que batem fundo na imaginação.

No meio desse incidente, todas as luzes tinham se apagado, assim como os números vermelhos dos caixas e o sistema de som. Lá em cima Mao tinha desligado a eletricidade. Na súbita penumbra escura (os olhos demoraram uns segundos para começar a aproveitar a luz que entrava da galeria e da rua), brilhou ofuscante o homem-pira e a vasta poça de combustível inflamado à sua volta.

Mas elas não precisaram esperar nem um pouco para se identificar na escuridão. Já haviam feito isso antes e agora só lhes restava agir. Como um morcego, como um macaco noturno, Mao se soltou do escritório até o primeiro dos caixas e começou a pular de um para o outro, rumo ao último. Do outro lado dos vidros, no corredor da galeria, curiosos começaram a se juntar, olhando para dentro sem entender.

Para além das gôndolas e das pessoas, da massa chorosa e vociferante (afinal de contas, elas tinham pedido obediência, não silêncio), Lenin se deslocava na direção contrária à da sua amiga, por cima das geladeiras, pisando na carne e nos frangos. Esse movimento, como não tinha sido realizado apenas por questão de simetria, não poderia ter outro objetivo senão dissuadir e intimidar. Tudo parecia ter esse fim: reinava a ameaça, mas não a ameaça eficaz e limpa, a compreensível, mas uma misturada com as realidades às quais se referia, que desse modo deixavam de atuar como linguagem e se fundiam numa totalidade borrada e ilegível. Havia uma linguagem, de qualquer modo, pois na simetria bilateral do ataque, Mao representava o momento final, o roubo do dinheiro dos caixas, Lenin o da ameaça que persistia para além dos crimes, ao impedir a fuga pelo outro lado. E, de fato, tinha algo em mente, porque se inclinava para atrair os carrinhos que estavam perto das geladeiras e os lançava para o fundo, para os laticínios, para as gôndolas de vinho.

Ao chegar ao último caixa, Mao começou a esvaziá-los sistematicamente. Ela fazia isso sem tirar os pés da plataforma onde era colocada a mercadoria, inclinando-se da cintura para cima. Ela apertava o botãozinho da mola que abria a caixa registradora, arrancava com um puxão seco a bandeja com compartimentos para o troco, fazia um maço com todas as notas grandes embaixo e as enfiava numa bolsinha de plástico que tinha pendurada no pulso. Um ou dois segundos bastavam para a operação. Passava ao caixa seguinte com um salto.

Estava pulando do segundo para o terceiro caixa (e os espectadores mal tinham percebido o que estava acontecendo), quando uma explosão fez tremer o supermercado todo, e a galeria na qual se encontrava, e o quarteirão, e certamente o bairro inteiro. Por um milagre, os vidros não estouraram, mas fizeram algo melhor: pulverizaram-se sem sair do lugar, ficaram opacos, como que embaçados, e esquivaram definitivamente os curiosos do lado de fora que, de todo modo, fugiram ao ouvir o barulho, porque dava a impressão de que a galeria ia desabar. O espanto dos reféns estava chegando ao ápice. A explosão viera dos depósitos atrás de Lenin. Devia ser de algum tanque de combustível. Pelas frestas, entrava a luz e o crepitar horrendo do fogo. Quase de imediato ocorreram duas explosões adicionais, quem sabe dos tanques dos caminhões. Foram menos estrondosas que a primeira, mas um clamor de ferros e chapas as acompanhou. A galeria ficou sem luz também e agora apenas as chamas iluminavam com seu resplendor móvel e casual. Mao não interrompera sua manobra e já esvaziara mais dois caixas. Se alguém pensasse em aproveitar a escuridão para detê-la, deveria pensar duas vezes, pois toda a parede que separava o estabelecimento do depósito desabou sem barulho e, como do outro lado só havia fogo, uma intensa luz se projetou sobre a cena. Mas alguém não pensou duas vezes e se lançou sobre a ladra. Era uma moça com o uniforme rosa das atendentes dos caixas, uma moça de estrutura sólida, corpulenta e decidida. A visão do incêndio desatara novos impulsos ou fizera esquecer precauções vigentes segundos antes. Talvez ela tenha achado que o seu exemplo provocaria uma rebelião geral. Mas não foi o que aconteceu. Ela se precipitou em linha reta até Mao, inclinada num caixa. Atropelou-a num estilo de rinoceronte que parecia natural para ela: fez isso como se estivesse habituada, como se no passado a manobra sempre tivesse dado bons resultados. A resposta de Mao foi instantânea e muito precisa: jogou-se para trás com uma garrafa de vinho na mão e a arremessou num arco amplo, no exato momento em que a gorda chegava, explodindo-a na sua testa. Deu para ouvir o estalo do crânio da desgraçada. Foi uma morte brutal, mas coerente com a investida taurina. Ninguém a imitou. De qualquer modo, Mao interrompeu sua atividade e olhou durante um segundo para a multidão imóvel entre as gôndolas. A luz do fogo batia nela de frente e era tão linda que dava calafrios.

"Não me atrapalhem de novo!", gritou. Só isso.

Deixou transcorrer outro segundo, tal como uma professora depois de repreender alunos revoltados, para ver se havia alguma objeção. Os quatrocentos desesperados não tinham nenhuma objeção. Todos pareciam gritar sem abrir a boca: Não queremos morrer!

Mas uma voz muito aguda ergueu-se entre a massa de sombras, na qual poderia muito bem estar fermentando a loucura.

Embora aguda, era uma voz masculina. E o sotaque colombiano era fortíssimo. Muita gente soube o que esperar ao ouvir as primeiras sílabas.

A vizinhança é um ensinamento em si. A dois quarteirões do Disco, na esquina da Camacuá e da Bonifacio, havia uma Faculdade de Teologia frequentada por bolsistas de todo o continente. Eles se hospedavam nos apartamentos do complexo e faziam compras na região. Eram uma espécie de evangélicos eruditos, com um toque hippie. Num bairro como Flores, um estrangeiro é sempre suspeito de cometer erros de discrição. Era quase necessário que esse colombiano interviesse.

"Você não me assusta, demônio!", começou. E foi basicamente isso.

Lenin interrompera suas manobras na altura do vão entre gôndolas onde soava a voz. Ao contrário de Mao, ela se recortava à contraluz sobre as chamas, que estavam muito perto. Na mão, um galão translúcido de gasolina que brilhava como uma joia. Cerca de uma centena de pessoas se interpunha entre ela e o objetante, mas isso não parecia capaz de detê-la.

"Cala a boca, idiota!", um homem gritou. Cresceu uma gritaria em apoio a ele, com um ódio inaudito à falta de senso de oportunidade da religião.

"O diabo...!", quis berrar o colombiano.

"Que diabo, merda!"

"Cala a boca, tô dizendo!"

"Matem esse homem, matem!", gritava uma mulher. "Pelos nossos filhos! Matem esse homem antes que aconteça outra desgraça!"

E outra, mais filosófica:

"Não é de sermões que a gente precisa!"

Na realidade, o colombiano sequer esboçara uma argumentação religiosa, mas mesmo assim desconfiaram dele. Num bairro, tudo se sabe. E o que não se sabe se intui. O homem que o interrompera primeiro o encheu de socos e aquilo se espalhou terrivelmente, porque o bolsista, que devia ser fracote e membro de uma raça decadente, se defendeu. Mas não deu para ver na escuridão. Além disso, havia surtos de histeria em outros lugares. Uma histeria controlada e prudente, porque ninguém saiu dos limites que as atacantes tinham designado.

Contudo, não parecia que esses limites seriam respeitados para muito além de poucos segundos. O incêndio era realmente pavoroso e dava a impressão de que não demoraria a tomar conta do estabelecimento. Além disso, se uma parede tinha desabado, o teto bem poderia desabar também. Mao reiniciara o saque dos caixas, mas parecia mais lenta agora, esperando algum ataque, quase com desejo de dar outro corretivo.

O razoável teria sido que acabassem de juntar o dinheiro e fugissem. Ninguém as deteria. Mas sua advertência do início reverberava agora na consciência coletiva dos reféns: se tudo isso era por amor, faltava alguma coisa, faltava mais horror. O amor sempre podia mais.

E, como resposta a esse pedido, Lenin tomou uma iniciativa arrepiante. O tumulto causado pelo colombiano ainda continuava quando se ouviu a passagem estrepitosa de um carrinho, lançado de um extremo ao outro do corredor do fundo, como um míssil. Quem estava perto pôde ver que ia carregado até o topo com garrafas de champanhe, coroadas por meia dúzia de galões de gasolina e com uma auréola de fogo azul. Percorreu os quarenta metros em linha reta, sem tocar num só obstáculo, e se chocou contra a ponta da gôndola de refrigerantes. A explosão foi surpreendente, a onda expansiva uma ondulação espessa de pó de vidro verde e álcool inflamado. A onda produziu, além disso, o estouro em veloz sucessão de milhares de garrafas de refrigerante. Como muita gente tinha se refugiado entre essas gôndolas, o acidente foi desastroso. Era como se os gritos chegassem até o céu. Os movimentos de Mao sobre os caixas tinham se tornado de uma lentidão sobrenatural.

A confusão era tanta que seria uma pena não aproveitar, pensou uma mulher bem localizada. Deve ter pensado: O que estamos esperando? Se isso é um pesadelo, vamos agir como nos sonhos. Mao já tinha avançado sobre seis ou sete caixas. Estava longe dos primeiros e isso deve ter sido o que fez a impaciente se decidir. Ela se lançou em veloz corrida pelas gôndolas até a passagem en-

tre o primeiro e o último caixa, ultrapassando-
-os num piscar de olhos, até ficar contra o vidro
que dava para o corredor da galeria. Se tivesse
batido, teria se safado; esses vidros totalmente
pulverizados se mantinham na vertical por algum milagre e não teriam resistido a um choque
decidido. Mas a mulher, atordoada ou louca, queria obedecer até o fim a mecânica onírica que a
impulsionara: ajoelhou-se diante do vidro e começou a cortá-lo com o diamante do anel. O cír-
culo que começou a traçar era pequeno demais
para o seu corpo, mas isso era o de menos. Mao
tinha se aproximado dela com dois pulos e ninguém viu o que ela fez ali, entre as sombras que
saltitavam com furor. Foi um instante apenas.
Na primeira parte dessa brevidade, a mulher
chegou a soltar um grito penetrante; na segunda,
fez-se um silêncio, com bons motivos. Quando a
atacante se ergueu, como uma moderna Salomé
de preto, segurava com as duas mãos a cabeça
da mulher. O espetáculo tinha atraído a atenção
geral. O clamor se multiplicou e o que surgia
dele, mais do que os "Assassina!", "Animal!" etc.,

eram os "Não olhem!". Todos pediam isso a todos. Era a segunda parte do que se sonha: o medo de sonhar. Ou de lembrar, que é a mesma coisa. Mas Mao tinha pulado sobre o caixa mais próximo e lançou a cabeça como uma bola na direção de quem gritava.

Enquanto a espoliação traçava no ar um arco no qual se encarniçavam todos os claros-escuros brutais do fogo, um segundo carrinho atrás dos espectadores fazia o mesmo caminho do primeiro, em sentido inverso, e se iniciava, com uma explosão, o terceiro incêndio na extremidade interna do estabelecimento, onde ficavam as pensativas gôndolas de vinho. A atmosfera tinha se tornado rarefeita. O calor do fogo estava carregado de odores asfixiantes. Toda a matéria comestível e bebível do supermercado pairava no ar. A seção de limpeza, contígua à de refrigerantes, estava em chamas. Os vidros de solventes, ceras, polidores, amoníacos estouravam com cheiros irrespiráveis. As massas cativas pressionavam para se afastar e passavam uns por cima das cabeças dos outros, sem nenhuma solidariedade, em pleno salve-se quem puder. Gôndolas inteiras começavam a ser derrubadas sobre as pessoas. E a cabeça da mulher continuava no ar, não porque estivesse suspensa num milagre de levitação post mortem, mas porque tinha passado pouquíssimo tempo.

Na escuridão das chamas, no cristal da fumaça e do sangue, a cena se multiplicou em mil cenas e cada uma das mil em outras mil... Mundos de ouro sem peso e sem lugar... Era uma espécie de compreensão, afinal, do que tinha acontecido. Há um velho provérbio que diz: Se Deus não existe, tudo é permitido. Mas a verdade é que nunca tudo está permitido, porque há leis de verossimilhança que sobrevivem ao Criador. Mesmo assim, a segunda parte do provérbio pode funcionar, quer dizer, se tornar realidade, de forma hipotética, dando origem a um segundo provérbio, seguindo o modelo do original: Se tudo está permitido... Esse novo provérbio não tem segunda parte. De fato, se tudo está permitido... o quê? Essa interrogação se projetava nos mil relevos confusos do pânico no supermercado e recebia uma espécie de resposta. Se tudo está permitido... tudo se transforma. É verdade que a transformação é uma pergunta; nesta ocasião, não obstante, era uma afirmação, momentânea e mutável; não importava que continuasse sendo pergunta, era resposta também. O incidente iluminara, mesmo nas sombras, o fantástico potencial de transformação que tudo tem. Uma mulher, por exemplo, uma dona de casa do bairro, que tinha ido fazer compras para o jantar, se fundia aos seus congêneres que não prestavam atenção nela. O fogo se apoderara da fibra viscosa do seu sobretudo de matelassê. A mulher se tornava monstra, mas monstra bailadeira, com uma volúpia que lhe escapara durante toda sua vida: seus membros se alongavam, uma mão na extremidade de um braço de três metros rastejava pelo chão, uma perna se enroscava sem parar, inumerável como uma cobra... E estava cantando, sem abrir a boca, com um registro que, em comparação, teria feito o de Maria Callas parecer flatulento e intumescido, sem contar que o canto se enriquecia nela com risos e arquejos e umas danças não humanas... Ela devinha animal, mas todos os animais ao mesmo tempo, animal espetáculo com as grades da jaula saindo como espinhos de cada dobra do corpo, animal selva carregado de orquídeas. Um arco-íris torrencial a percorria, era vermelha, azul, branca de neve, verde, um verde profundo, sombrio... Devinha vegetal, pedra, pedra que se entrechocava, mar, polvo autômato... Murmurava, atuava (Rebeca, uma mulher inesquecível), declamava e era mímica ao mesmo tempo, era carro, planeta, embrulho crocante de bala, frase ativa e passiva em japonês... E, ao mesmo tempo, era só um olhar, uma pequena insistência. Porque outra coisa poderia ter acontecido com qualquer um; e de fato aconteceu, ela era apenas um caso em centenas, um quadro numa exposição.

Mao continuava seus afazeres e, fosse por diligência, fosse porque a hora tinha chegado, concluía seu percurso pelos caixas. A bolsinha na mão esquerda estava redonda de dinheiro.

Quanto tempo transcorrera? Cinco minutos no total, desde que irromperam no supermercado? E quantas coisas tinham acontecido! Todos esperavam a polícia, os bombeiros, mas sabiam que esperavam por um atavismo, porque não havia nada para esperar. A sensação era o oposto da chegada de alguém: reinava uma fuga centrífuga, o Big Bang, o nascimento do universo. Era como se tudo que se conhecia se afastasse, na velocidade da luz, para fundar ao longe, na escuridão do universo, novas civilizações baseadas em outras premissas.

Era um começo, mas também o final. Porque Mao pulava do caixa número um para o chão, terminado o labor, e corria para a saída, e Lenin se unira a ela, e as duas juntas se lançavam sobre o vidro no ângulo que dava para a rua... com a força impune do amor... O vidro explodiu e o buraco as levou sem um arranhão... duas figuras sem limites, atraídas pela imensidão do exterior... e no exato momento em que saíam, uma terceira sombra se uniu a elas... três astros fugindo no grande giro da noite... as

Três Marias que todas as crianças do Hemisfério Sul olham enfeitiçadas, sem compreender... e se perderam nas ruas de Flores.

27 de maio de 1989

POSFÁCIO

As provas impunes do amor

"Quer f...?" Assim, com umas pudicas reticências, começa a história de duas garotas punks que se encontram com outra adolescente, Marcia, em uma noite da cidade de Buenos Aires, numa Argentina de fim de século. Avançada a novela, nas palavras de Marcia se recoloca a pergunta em todo o seu esplendor: "E então vocês apareceram, com essa brutalidade: quer foder?" (p. 57).

Em posteriores traduções e edições do livro, como esta e a da editora mexicana Era, em 2022, o leitor experimenta essa surpresa inicial sem elipse alguma, igual à personagem a quem a pergunta pega desprevenida. Os diálogos que povoam a novela não economizam na linguagem mais crua ("Você é a que eu tava esperando, sua gorda de merda. Não se faz de difícil. Quero lamber tua boceta, pra começar!" [p. 14]) que não é tão usual nos livros de César Aira, cujos voos teóricos e jogos intelectuais costumam sobressair. Trata-se de uma sofisticação que, em parte, lhe valeu a alcunha de frívolo.

Essa espécie de mimetismo da fala adolescente pode ser lida tal como o começo da novela, que, como outras obras de Aira, se caracteriza por minuciosas descrições realistas. A trama transcorre no bairro de Flores, no sudoeste da cidade de Buenos Aires, para onde Aira se mudou no final dos anos 1970 de sua cidade natal, Coronel Pringles,* para cursar a universidade, e onde localiza várias de suas histórias. Marcia, Mao e Lenin protagonizam *A prova* com seus nomes inverossímeis, alegorias políticas, mas implausíveis, para um escritor que com fre-

---

* Cidade ao sul do estado de Buenos Aires.

quência se desliga de questões explicitamente políticas, como quando se definiu como palhaço para se afastar do que chamou de gestos de cidadão responsável.* O trio de adolescentes transita por uma bem concreta geografia portenha: a praça Flores, o Cine Flores, a rua Bonorino, a rua Camacuá, a avenida Rivadavia repleta de panfleteiros que se conecta com o bairro de Caballito, a cadeia de supermercados Disco, a discoteca Palladium, a loja do Pumper Nic. Uma boa primeira parte da novela, um diálogo entre Marcia, Mao e Lenin, ocorre no Pumper Nic, rede de fast food argentina, como o McDonald's, que existiu no país entre os anos 1970 e 1990 e que se popularizou nos anos 1980. Um lugar frequentado sobretudo por crianças e adolescentes, como os da novela, e à primeira vista alheio à imagem convencional dos cenários destinados à escrita, mas que Aira conside-

---

* César Aira, "Yo nunca usaría la literatura para pasar por buena persona". Entrevista a A. Castro e B. Borgna, *Pie de página*, v. 1, n. 1, pp. 2-3, 1982.

ra seu café literário quando se apresenta como escritor publicado:

> Ameno leitor: [...] por alguma razão me vejo frivolamente obrigado a te contar que me ocorreu esta historieta. A ocasião é propícia para as confidências: uma linda manhã de primavera, no Pumper Nic de Flores, onde costumo vir para pensar. Tomasito (dois anos) brinca entre as mesas cheias de colegiais incógnitos. Reina a vadiagem, o tempo sobra.*

No começo da novela, acompanhamos Marcia em sua caminhada, mergulhando nas sensações dela e, sobretudo, na atmosfera que ela atravessa. O mundo adolescente de *A prova* é narrado como se fosse um ar que se respira:

> A música era a resistência que faltava para tornar a passagem totalmente fluida. Todos os olhares,

---

* Contracapa de *Ema, la cautiva*. Buenos Aires: Editorial de Belgrano, 1981.

as vozes entre as quais deslizava, se conjugavam nessa noite. Porque era noite. O dia tinha cessado e a noite estava no mundo; a essa hora no verão era pleno dia; agora era noite. Não a noite de dormir, a verdadeira, mas uma noite posta sobre o dia porque era inverno. (p. 12)

Essa mesma adolescência irrompe para precipitar peripécias súbitas e desafiar as expectativas de quem lê sobre a lógica que rege esse mundo, assim como a respeito das motivações dos personagens e o devir de suas histórias. O narrador em terceira pessoa, que foca em Marcia e que às vezes se evade para deixar espaço a extensos diálogos em discurso direto entre as três adolescentes, anuncia, poucas páginas depois do começo da história, o que virá:

Que duas garotas, duas mulheres, tivessem lhe dado uma cantada, em voz alta, com obscenidades, duas punks que confirmavam sua autoexpulsão violenta das boas maneiras... Era tão inesperado, tão novo... Tudo podia acontecer, realmente, e quem podia fazer acontecer eram essas centenas de jovens que saíam à rua para perder tempo no anoitecer, depois do colégio. Eles podiam tudo. Podiam fazer a noite cair em pleno dia. Podiam fazer o mundo girar e atrasar infinitamente a caminhada de Marcia em linha reta (sem contar a curva que a avenida Rivadavia descrevia) de Caballito a Flores. (pp. 18-9)

A narrativa rompe esses cenários que haviam sido construídos em detalhes. O supermercado do bairro onde a história chega ao fim não apenas é cenário de explosões catastróficas, mas também parece expandir seu tamanho com o tempo, enquanto, simultaneamente, é possível reconhecê-lo uma vez que é descrito de maneira fotográfica com suas "geladeiras baixas de carne, [...] pelo estande de queijos e frios [...] as geladeiras de laticínios" (p. 102). Assim, conforme ocorre em outras novelas passadas em Pringles, Flores também é um cenário que, independentemente do que acontece quando se entra no universo de Aira, não resta "outro remédio a não ser aceitar como real",* como se resignou Roberto Bolaño.

Reflexões sobre essas transformações ("a mais radical das transformações: o mundo se torna mundo" [p. 83]) retornam em outros textos ensaísticos de Aira, como o da capa da publicação *La hoja del Rojas* do Centro Cultural Ricardo Rojas da Universidade de Buenos Aires no qual é apresentado um dos cursos que Aira ministrou entre fins dos anos 1980 e começos dos 1990, as aulas intituladas "Como ser Rimbaud".** "O mundo se torna mundo" é uma frase que entrevistadores retomam e sobre a qual Aira teoriza, ainda que em outros diálogos renuncie às elaborações conceituais porque lega a interpretação de seus significados a "escritores e filósofos mais sérios".***

---

* "El increíble César Aira". *Las últimas noticias*, p. 8, 20 ago. 2000.

** "El abandono". *La hoja del Rojas*, v. 5, n. 39, p. 1, 1992.

*** "Por exemplo, 'a função da literatura é transformar o mundo em mundo'. Soa bem, ok. Estou certo de que escritores e filósofos mais sérios do que eu fizeram

Essa dinâmica que também é descrita como "mecânica onírica" conduz a história a um final precipitado e explosivo em que uma prova de amor, a tomada violenta de um supermercado de bairro, a um só tempo desafia e não desafia o verossímil:

> Era um clássico em matéria de provas de amor (um clássico mesmo que ninguém nunca o tivesse feito): roubar algo de um supermercado e dar de presente. Era o equivalente ao que antigamente teria sido matar um dragão. Claro que não sabia o que isso poderia provar, mas queria pagar para ver. No presente iluminista do século, qualquer um diria que os dragões não existiram. Mas será que para um camponês da Idade Média existiam os supermercados? (pp. 89-90)

→ a mesma coisa muitas vezes". César Aira em Michael Zechariah, "An Interview with César Aira". *Asymptote*, 2023. Disponível em: <www.asymptotejournal.com/interview/an-interview-with-cesar-aira/>. Acesso em: 12 dez. 2023.

O final extraordinário parece explicar uma das modificações que mais afastam o original da adaptação cinematográfica que a novela recebeu a cargo de Diego Lerman. No filme intitulado *Tan de repente* (2002), em vez de tomar um supermercado, Marcia, Mao e Lenin roubam um táxi e empreendem uma viagem. É possível afirmar que outra forma de adaptação prática da novela foi a fundação da galeria de arte Belleza y Felicidad. *A prova* menciona "o sistema de beleza e felicidade dos jovens" (p. 18), e em 1999 as escritoras e artistas Cecilia Pavón e Fernanda Laguna empregaram essa mesma frase para abrir uma galeria de arte no bairro de Almagro, na capital argentina. Afastada e desafiadora do circuito tradicional de exibição de arte, Belleza y Felicidad organizou mostras, festas, leituras de poesia, performances e recitais até 2007. Pode ser que a escolha do nome tenha tido outras origens, mas os laços com Aira não são menores. Belleza y Felicidad editou livros em formato peculiar que, como se verá, é afim à prática de publicação de Aira: folhas fotocopiadas e grampeadas, vendidas num saquinho transparente com um fecho de plástico. É uma forma inspirada no modelo da literatura de cordel brasileira. No catálogo da galeria, Aira foi incluído com suas histórias breves *La pastilla de hormona* [A pílula de hormônio, 2002], *Picasso* (2007), *El perro* [O cachorro, 2010] e *En el café* [Na cafeteria, 2011]. No artigo escrito por Aira para o jornal *El País* sobre a crise de 2001 na Argentina, ele refletiu sobre experiências como a de Belleza y Felicidad e afirmou que são esses os "poetas mais improváveis", os que fazem "balançar os orçamentos nacionais".*

No que diz respeito à trajetória editorial de Aira, *A prova* foi escrita em 1989 e publicada faz mais de trinta anos, em 1992. Em alguma medida, essa novela contrasta com livros mais extensos como *La liebre* [A lebre, 1991], que transcorre

---

* "Los poetas del 31 de diciembre de 2001", *Babelia. El País*, 2002. Disponível em: <www.elpais.com/diario/2002/02/09/babelia/1013215161_850215.html>. Acesso em: 12 dez. 2023.

no século 19 entre viagens de estrangeiros pela planície pampiana e em acampamentos, e cujo final retoma de maneira melodramática os diversos pontos da trama e personagens apresentados ao longo da história.

No ano em que escreveu *A prova*, Aira acabara de ser finalista do concurso Clarín-Aguilar por *La liebre*, pela qual também receberia, em 1992, o prêmio Boris Vian, concedido por escritores e apresentado como um antiprêmio, oposto aos galardões oficiais como, justamente, o Clarín. Em contrapartida, *A prova* está próxima de novelas como *El llanto* [O choro, 1992], cujas peripécias são disparadas em Buenos Aires até chegar à Polônia para terminar abruptamente com um narrador de características que fazem lembrar o Aira escritor. E também de uma novela como *Embalse* [Reservatório, 1992], cujo final catastrófico nuclear contrasta com as férias familiares no estado de Córdoba que dão início à história.

Desde 2018, a obra de Aira supera os cem títulos, uma abundância que se assemelha a outros casos na história da literatura ao redor do mundo, mas que se vê reforçada pela diversidade de editoras em que aparecem seus livros e por certa reticência a tomar a voz pública em instâncias que não sejam a publicação de livros.* Aira publica em editoras com catálogos pequenos que estão fora do centro editorial da Argentina (Buenos Aires); em editoras latino-americanas que desafiam o isolamento regional do circuito dos livros; em editoras multinacionais e multimidiáticas, cujas edições são vendidas simultaneamente na Espanha e na Argentina e que podem ser encontradas em qualquer cadeia de livrarias; em edições numeradas e assinadas que o leitor há de buscar em feiras ou entrando em contato direto com os editores; em edições ilustradas, entre outras. Os anos 1990 foram o começo do que se denominou a superprodução

---

* De maneira precoce, uma entrevistadora notou essa reticência, ao que Aira respondeu: "Neste planeta os escritores vociferam tanto sobre si mesmos que você tende naturalmente a fazer um pouco de contraste". "Un amor en China y la literatura portátil". Entrevista a María Esther Vázquez. *Sección 4ta. La Nación*, p. 2, 6 set. 1987.

e publicação indiscriminada de todos os títulos de Aira, os quais às vezes foram separados entre as novelas boas e as más, as mais sérias ou as mais tresloucadas, sendo *A prova* categorizada como a última.* Em termos quantitativos, não há dúvidas do salto da época. Na década de 1980,** Aira publicou seis títulos e, nos anos

---

* Entre outras pesquisadoras, propuseram esses temas Graciela Montaldo, "Borges, Aira y la literatura para multitudes". *Boletín del Centro de Estudios de Teoría y Crítica Literaria*, n. 6, pp. 7-17, 1998; e Sandra Contreras, *Las vueltas de César Aira*. Rosario: Beatriz Viterbo, 2002.

** Aira começou a publicar seus livros nos anos 1980. Qual é o seu primeiro livro não é uma pergunta que se responda assinalando um único título. Em sua ficha técnica, *Moreira* indica o ano de 1975, o que levaria a apresentá-lo como o primeiro. Não obstante, os exemplares de *Moreira* começaram a ser distribuídos no início dos anos 1980, o que se pode explicar por questões econômicas — a crise hiperinflacionária de 1975 conhecida como "Rodrigazo", motivo pelo qual o editor Achával Solo não pôde imprimir as capas do livro em cores, como queria — ou porque deixou o país após o golpe militar de 1976. Aira ficcionalizou e exacerbou essa história em *La vida nueva* (2007). Em 1981, quando algumas livrarias vendiam *Moreira*, a Editorial de Belgrano lançou *Ema, la cautiva*, cuja orelha indica: "Esta é a primeira publicação de suas novelas".

1990, trinta. Para compreender essa mudança, é necessário entender as transformações do setor editorial argentino durante esses anos, e também do latino-americano, que, diante de processos de concentração e internacionalização, testemunhou uma proliferação de editoras de capitais nacionais com estruturas pequenas.

Um caso ilustrativo é a fundação da Beatriz Viterbo Editora, em 1991, com o livro que transcreve as aulas sobre Copi (o escritor argentino Raul Damonte Botana) que Aira ministrou no antes mencionado Centro Cultural Ricardo Rojas, e com *Por favor, ¡plágienme!*, de Alberto Laiseca. Numa entrevista de 1987, Aira comentara sobre sua busca por espaço para publicar outros de seus títulos: "Tenho vários [livros inéditos], o que acontece é que existem muito poucos editores".* Nos anos 1980, como as editoras não davam conta, Aira publicou trechos de novelas inéditas em revistas. É o caso do texto sobre Oliverio Girondo intitulado "Había una

* "Un amor en China y la literatura portátil", op. cit.

vez", na revista *Xul* (1984), do extrato da ainda inédita "El estúpido reflejo de la manzana en la ventana" [O reflexo estúpido da maçã na janela], no *El Porteño* (1985), de "Los aragoneses de Famatina" [Os aragoneses de Famatina], na *Vuelta Sudamericana* (1987), e de *Cecil Taylor*,[*] na *Fin de Siglo* (1988).

A observação sobre as diferenças qualitativas entre os títulos caberá aos leitores, mas vale ressaltar, de um lado, como alguns elementos das novelas são mantidos ao longo do tempo independentemente de suas características diversas e particulares e, de outro, como algumas resenhas comentaram o livro. Sobre a forma das novelas, do mesmo modo que cenários como Flores e Pringles fazem parte do universo literário de Aira, os nomes de escritores argentinos

---

[*] Em 1992, *Cecil Taylor* foi incluído em *Una antología de nueva ficción argentina*, organizada por Juan Forn para Anagrama (Barcelona). Em 1997, em *11 relatos argentinos del siglo XX: una antología alternativa*, a cargo de Héctor Libertella para a Perfil Libros (Buenos Aires). Em 2011, foi publicado como livro ilustrado por El Marinero Turco pela editora Mansalva (Buenos Aires).

próximos dele, levemente modificados, costumam aparecer como personagens de suas novelas. *A prova* faz referência a Sergio Bizzio:

"Se vocês conhecem outros punks."
Mao, a Lenin:
"Você conhece algum?"
"O Sergio Vicio."
"Ah, verdade, o Sergio...", voltou-se para Marcia. "É um conhecido nosso, agora faz muito tempo que a gente não vê, mas é um exemplo excelente." (p. 61)

Também em *El volante* [O folheto, 1992] aparecem personagens cujos nomes soam como os do próprio Aira (Cédar Pringle), de Luis Chitarroni (Louis Hitarroney), de Sergio Chejfec (Fejfec) e de Daniel Guebel (Daniel Beguel).

Do mesmo modo que em *Ema, la cautiva*, há frases paradoxais, espelhos desse "sorriso sério" que se repete nos livros,* como "uma fronteira,

---

* "Na realidade, tratava-se de um dos fenômenos mais estranhos do universo, o 'sorriso sério', que os homens com

deserta, incrivelmente povoada", * em *A prova* podem ser encontradas orações como "Reinava uma urgência estática" (p. 11) e também adversativas cujos termos convivem, como "quando o espetáculo terminasse não sobraria nada, nenhum segredo, seriam chatas como a aula de química... Mas também podia pensar o contrário" (p. 42). Assim como na história *En el Congo* (2021), em que se incluem frases da fala cotidiana que contrastam com outros tons do livro, como "fazer chacota", ** em *A prova* o leitor pode encontrar clichês, como os chamou uma de suas tradutoras ao inglês, a exemplo de "queimar os navios":

> Mas, de algum modo, o que era mais característico delas, o que era mais fatal, o que correspon-

→ muita sorte podem ver uma ou duas vezes na sua vida e as mulheres não veem praticamente nunca." (p. 88)

* *Ema, la cautiva*, op. cit., p. 36.

** "Esse modo de fazer chacota com uma tragédia que já contava dezenas de milhares de mortos podia ser atribuído à distância dos fatos em que nos encontrávamos". *En el Congo*. Buenos Aires: Urania, 2021, p. 28.

dia ao seu estilo de queimar navios, era que não tivessem as chaves, que fechassem esses cadeados para sempre. (p. 94)

Por último, pode-se vislumbrar a dimensão poética que se expressa, entre outras maneiras, em comparações ou adjetivações inesperadas como em *El té de Dios* [O chá de Deus, 2010] — "De modo que fluía através de um meteorito de aço e níquel como um pássaro cruza o céu celeste de uma manhã de primavera" —* ou em *A prova*:

A arte de Mao como narradora a transportara da fluorescência plebeia do Pumper às sombras do sonho atravessadas por essa luz lunar e ela até tinha acreditado ouvir uma música nunca ouvida antes, algo que podia ser ainda mais lindo, embora parecesse inconcebível, do que o The Cure e os Rolling Stones... (pp. 67-8)

* *El té de Dios*. Guatemala: Mata-mata Ediciones Latino-americanas, 2010, p. 23.

Quando se deu o momento da publicação de *A prova*, os livros de Aira já circulavam fazia dez anos, e a crítica literária prestou atenção a esse novo título. Os comentários foram variados. No suplemento cultural de um dos jornais com maior circulação na Argentina, o *Clarín*, Guillermo Saavedra chamou a novela de "uma provocação literária".* Outros comentários detalharam os desafios literários. Silvia Hopenhayn, no *El Cronista Cultural*, suplemento de *El Cronista Comercial*, destacou como

> o leitor de *A prova* (ou de *El llanto*, ou de *La liebre*, ou de *Embalse*) é necessariamente desprevenido e lhe custa compreender como se chegou ao torvelinho final da história. Precisamente porque não há chegada, o futuro não está adiante mas acima, é a expansão volátil do presente.**

* "Los pequeños desastres". *Cultura y nación. Clarín*, p. 10, 3 set. 1992.

** "Probar el amor". *El Cronista Cultural. El Cronista Comercial*, p. 6, 28 jun. 1992.

Liliana Díaz Mindurry, em *La Prensa*, enfatizou as tensões paradoxais:

uma obra estranha e ao mesmo tempo simples, rebelde de um modo adolescente e conservadora dos valores do mercado, que não busca significar, mas talvez existir e, nessa existência, divertir, entreter [...] Aira convida para um jogo de situações com um discurso tão antidogmático quanto circular.*

No entanto, nem todas as críticas foram laudatórias e ponderaram sobre pontos fracos e fortes. Na então jovem revista *V de Vian* e no jornal *Página/12*, Karina Galperín viu-se decepcionada por *A prova* diante das expectativas criadas por obras anteriores como *Ema, la cautiva*, numa resenha que, de maneira eloquente, intitulou "Ya no cautiva" [Não mais prisioneira]:

* Liliana Díaz Mindurry, "La prueba". *Letras/Arte. La Prensa*, p. 2, 19 jul. 1992.

A intensidade que algumas vezes soubera lograr em textos como *Ema, la cautiva* (única história em que Aira, com a ajuda da — neste caso — saudável cautela do escritor novato, consegue construir seus melhores personagens e voltar com uma proposta nova a um velho espaço da literatura argentina) foi se apagando pouco a pouco até chegar finalmente à incompreensível ligeireza de seu último *A prova*.*

Como *A prova* foi reeditada na América Latina e traduzida para vários idiomas** contamos com leituras de outros países. Em *El Ángel*, caderno cultural do jornal *Reforma*, do México, a novela foi lida como "uma história de aprendizagem sentimental que é a mais vertiginosa e surpreen-

---

* Karina Galperín, "Ya no cautiva". *V de Vian*, v. 2, n. 8, p. 14, ago.-set. 1992.

** Em 1988 foi publicado pela primeira vez um dos títulos traduzidos de Aira (nesse caso ao francês) e desde 2000 não passa um ano sem que se traduza um de seus livros, o que no presente chega a cerca de trinta idiomas. Em 2024, *A prova* conta com traduções para francês, alemão, inglês, finlandês, polonês e búlgaro, além desta, em português brasileiro.

dente já escrita nas letras ibero-americanas".*
Na França, *La Quinzaine Littéraire* publicou a
resenha de Jacques Fressard, para quem a novela
é "uma versão pós-moderna da loucura do amor
que não pode senão ir contra as convenções sociais".** A *Publishers Weekly* dos Estados Unidos
destacou como, inclusive ao ser traduzido para o
inglês, em 2017, o livro publicado com *El pequeño
monje budista* desafia convenções:

> Os leitores que buscam coerência e motivações
> tradicionais se sentirão frustrados porque a
> imaginação de Aira rejeita as normas, mas para
> quem prefere os escritores excêntricos e intelec-
> tuais, duas explorações deliciosas e desconcer-
> tantes o esperam.***

* "Aira en México". *El Ángel: Revista Cultural del Reforma*,
p. 1, 29 set. 2002.

** Jacques Fressard, "Tout peut changer". *La Quinzaine
Littéraire*, n. 964, p. 13, 2008.

*** "The Little Buddhist Monk & the Proof". *Publishers
Weekly*, 7 set. 2017. Disponível em: <www.publishersweekly.
com/9780811221122>. Acesso em: 12 dez. 2023.

As redes sociais dedicadas à leitura mostram interpretações divergentes da novela. No Goodreads várias leituras de 2012 e 2019, respectivamente, tornam públicas suas experiências ambíguas: "Em resumo, inclassificável. Até a metade não estava gostando, mas esse final a todo vapor me fez mudar de ideia"; "É uma história de que não gostei, mas reconheço que o autor tem um domínio da escrita que faz com que se esqueça de que não se gosta da história, talvez esperando que uma página depois tudo faça sentido".[*]

Um comentário de 2017 chama a atenção para a tensão entre a experimentação literária e a tentativa de bordar uma mensagem na história:

Desfrutei desta leitura sem inconvenientes, tem uma prosa que flui muito bem. Mas também é um desses livros em que o autor diz: vamos fazer um experimento mental, em que os personagens fazem loucuras porque querem e depois

[*] Disponível em: <www.goodreads.com/review/show/402901617> e <www.goodreads.com/review/show/2689691579>. Acesso em: 12 dez. 2023.

vamos ver se entendemos suas razões. Resultado — aconteceram coisas porque escrevi dessa maneira. O que aprendemos? Nada.*

Na rede StoryGraph, há comentários entusiasmados como uma adesão a um grupo que aparece na novela: "Me somo ao Comando do Amor",** ou outro que, de maneira concisa, nos conduz pelas peripécias filosóficas da novela: "*Bum!* Quem é? *Bum!* O que é o amor? *Bum!* Você se sente afundado na solidão? Sabia que de fato está só? *Bum!*".***

De tudo isso, finalmente, só restam uma ou duas perguntas: como lerão esta novela os leitores

---

* Disponível em: <www.goodreads.com/review/show/2195821963>. Acesso em: 12 dez. 2023.

** Disponível em: <www.app.thestorygraph.com/reviews/b06d856a-c528-4a29-9fec-0358f7a7d730>. Acesso em: 12. dez. 2023.

*** Disponível em: <www.app.thestorygraph.com/reviews/79b0382f-11f0-416b-8b2c-eef3d323459d>. Acesso em: 12 dez. 2023.

brasileiros? Como esta história pode impactar uma tradição literária tão apreciada por Aira? Em seu *Diccionario de autores latinoamericanos* (2001), o Brasil é um dos países a que dedica mais espaço e verbetes. Além disso, há o enfático elogio de Aira à tradição literária brasileira expressada em um texto cujo título já denuncia a "Desdenhosa ignorância da literatura do Brasil" na Argentina, cuja consequência lamentável, por sua vez, é "a míngua do montante de prazer para leitores cultos que, cansados dos clássicos europeus, orientais, hispano-americanos, acabam ignorando que têm ao alcance da mão, em uma língua apenas tenuemente estrangeira, um quase inesgotável tesouro de deleites escritos".[*]

Terminado o labor, como diz o narrador de *A prova*, haverá quem se some ao Comando do

---

[*] César Aira, "Desdeñosa ignorancia por la literatura de Brasil". *Creación. La revista argentina para el nuevo siglo*, v. 1, n. 3, p. 24, 1986. O texto foi incluído em *La ola que lee*. Barcelona/ Buenos Aires: Random House, 2021, pp. 62-6. Em português: "Desdenhosa ignorância da literatura do Brasil". Trad. de Joca Wolff. *Suplemento Pernambuco*, n. 173, pp. 6-7, 2020.

Amor, outros serão repelidos pela fuga centrífuga, alguns se refugiarão à sombra de uma euforia no coração. Talvez esses leitores, rendidos à força impune do amor, se percam nas ruas literárias da obra de Aira, como muitos fizemos, sempre à espera dos próximos capítulos.

MARÍA BELÉN RIVEIRO

Socióloga e doutora em ciências sociais pela Universidade de Buenos Aires. Sua tese de doutorado, A trajetória de César Aira: a formação de um centro descentralizado no âmbito literário da cidade de Buenos Aires (1981-2001), *analisa as formas de dominação e autoridade literárias do fim do século. Seu trabalho como pesquisadora assistente no Conicet foca na produção literária e no trabalho editorial argentino e latino-americano. Atua como docente no curso de sociologia na UBA e no mestrado em cinema documental na Universidad del Cine. É assistente editorial da* 7 ensaios. Revista Latinoamericana de Sociología, Política y Cultura, *do Instituto de Pesquisa Gino Germani (UBA).*

Copyright © 1992 Grupo Editor Latinoamericano
Publicado em acordo especial com o agente literário Michael Gaeb
e Villas-Boas & Moss Agência Literária
Copyright da tradução © 2024 Editora Fósforo

Todos os direitos reservados. Nenhuma parte desta obra pode ser
reproduzida, arquivada ou transmitida de nenhuma forma ou por
nenhum meio sem a permissão expressa e por escrito da Editora Fósforo.

Título original: *La prueba*

DIRETORAS EDITORIAIS Fernanda Diamant e Rita Mattar
EDITORA Eloah Pina
ASSISTENTE EDITORIAL Millena Machado
PREPARAÇÃO Sheyla Miranda
REVISÃO Eduardo Russo e Livia Azevedo Lima
DIRETORA DE ARTE Julia Monteiro
IDENTIDADE VISUAL E CAPA Celso Longo e Daniel Trench
IMAGEM DE CAPA PYMCA/ Avalon/ Hulton Archive/ Getty Images
PROJETO GRÁFICO DE MIOLO Alles Blau
EDITORAÇÃO ELETRÔNICA Página Viva

Dados Internacionais de Catalogação na Publicação (CIP)
(Câmara Brasileira do Livro, SP, Brasil)

Aira, César
 A prova / César Aira ; tradução Joca Wolff, Paloma Vidal ;
posfácio por María Belén Riveiro. — 1. ed. — São Paulo : Fósforo,
2024.

 Título original: La prueba.
 ISBN: 978-65-6000-034-6

 1. Ficção argentina I. Wolff, Joca. II. Vidal, Paloma. III. Riveiro,
María Belén. IV. Título.

23-187297   CDD — Ar863

Índice para catálogo sistemático:
1. Ficção : Literatura argentina   Ar863
Tábata Alves da Silva — Bibliotecária — CRB-8/9253

Editora Fósforo
Rua 24 de Maio, 270/276, 10º andar, salas 1 e 2 — República
01041-001 — São Paulo, SP, Brasil — Tel: (11) 3224.2055
contato@fosforoeditora.com.br / www.fosforoeditora.com.br

Este livro foi composto em GT Alpina
e GT Flexa e impresso pela Ipsis
em papel Bibloprint 60 g/m² para a
Editora Fósforo em abril de 2024.